Roxana Nastase

TEAM BUILDING CU PONOASE

Roman polițist

Scarlet Leaf

2020

PUBLICAT DE SCARLET LEAF
TORONTO, CANADA
Pentru informații adresați-vă editurii Scarlet Leaf la adresa de email:
scarletleafpublishinghouse@gmail.com
Toronto, Canada

Cuprins

ROXANA NASTASE

*Lui Sebastian Stan, un om cu o inimă de aur, chiar dacă lui
i-ar place să credem altceva
Mă bucur că am avut șansa să te cunosc*

GRATITUDINE

Aș vrea să le mulțumesc directorilor mei pentru înțelegerea arătată și pentru ajutorul lor de-a lungul acestui proces creativ: Ahmed Ferchichi, Adrian Hobjilă și Taoufik Rai.

Pot să le prezint mulțumurile mele doar în ordine alfabetică deoarece toți trei au fost uimitori de-a lungul lunii care tocmai a trecu și merită recunoștința mea.

Fără voi, această carte nu ar fi existat astăzi.

Vă mulțumesc.

CAPITOLUL UNU

Ciufulit de parcă abia se dăduse jos din pat – o reclamă perfectă pentru o orgie, cu o mână nemișcată pe mouse și cu ochii aproape sticloși, Gabriel nici măcar nu îndrăznea să facă vreo mișcare. Se temea să nu i se despice cumva capul în două, în ciuda faptului că își simțea creierul învăluit în ceață ca urmare a mahmurelii.

Dintrodată, un șuvoi de înjurături furioase umplu încăperea, acoperind zgomotul degetelor ce tapau grăbite pe tastaturile de calculator. Mai multe capete se ridicară pentru a vedea ce se întâmplă, iar câțiva oameni chiar începură să râdă.

Gabriel se crispă vizibil, iar pulsalțiile pe care le resimțea în tâmple se multiplicară. Cu toate acestea, omul nici măcar nu clipi și nici nu-și ridică ochii, chiar dacă hohotele de râs deveniră mai puternice, ca urmare a exprimării celor mai inventive înjurărturi auzite vreodată în acea sală.

O rază de soare mai curajoasă găsi un unghi mai potrivit să pătrundă printre jaluzele din spatele lui și lumină și mai mult încăperea. Particule de praf plutiră în aer, iar ochii lui Gabriel se îngustară în două fante minuscule. Greața îi prinse stomacul într-un pumn nemilos și strânse zdravăn. Gabriel trase adânc aer în piept încercând, în același timp, să înțeleagă de ce era atât de mult zgomot în jur.

Gabriel știa că ar fi trebuit să intervină. Andy deja depășise linia și încă bine de tot. Și totuși, i se părea că ar fi trebuit să facă prea mult efort ca să deschidă gura și să spună ceva. Gândurile lui încă se învârteau în jurul a ceea ce se întâmplase în seara precedentă, când se dăduse în stambă și se făcuse de râs.

Extenuarea flirta cu pleoapele lui, dar, cu toate acestea, încăpățânarea aceea afurisită, înscrisă în codul său genetic, îi interzicea să se supună oboselii. Într-un final, sătul de zgomotele din sală, Gabriel își ridică ochii și se răsti:

—Termină o dată, Andy. Fă-ți treaba și suferă în tăcere.

—Hai, mă, Gabriele. Ar trebui să vii și tu să vezi ce spune nenorocitul ăsta aici, replică Andy pe un ton jalnic, în același timp mângâindu-și ciocul întunecat și des.

Gabriel aproape că cedă. Avea el o slăbiciune pentru acel individ masiv care ajungea la aproximativ 1,75 înălțime și cântărea cam peste 100 de kilograme.

În ciuda slăbiciunii lui, Gabriel își înnăbuși impulsul când noi hohote se auziră în jurul său. Unul dintre băieți începuse chiar să lovească tăblia mesei cu palmele, iar picioarele lui loveau podeaua în același ritm.

—Gata, ajunge, ordonă Gabriel pe un ton sever. Văd că așteaptă trei chaturi în coadă, îi biciui vocea lui, după ce acesta își aruncă ochii spre ecranul care atârna deasupra lui. De ce nu v-ați ocupa voi de ele în loc să vă comportați de parcă ați fi la grădiniță?

—Haide, mă, interveni Alex. Nu e ca și cum nu muncim, doar știi, punctă el, iar un accent de mânie i se strecură în voce.

TEAM BUILDING CU PONOASE

—Nu prea se vede așa de-aici, Gabriel i-o întoarse cu furie. Am lucruri de făcut. Faceți-vă treaba și nu vă mai prostiți. Când coada aia va arăta zero, atunci faceți ce aveți chef, tună el, iar un junghi ascuțit de durere îi penetră tâmplele.

Gabriel ignoră grimasele și șoaptele pline de frustrare ale oamenilor săi și își fixă ochii pe graficul de pe monitorul său. Acesta trona pe ecran în toată gloria, făcând haz de toate eforturile făcute de Gabriel pentru a-și câștiga cinstit pâinea în aceea dimineață.

Omul îi mai aruncă o privire, dar își dădu seama că, indiferent din ce unghi l-ar fi privit, el, unul, tot nu-și putea da seama despre ce era vorba. I-ar fi plăcut mai mult să asculte înjurăturile creative ale lui Andy decât să descifreze acel grafic, așa că Gabriel se încruntă, având impulsul să scoată limba la ecran.

Gabriel îl socotise întotdeauna pe Andy ca fiind unul dintre băieții buni, așa că acum regreta că fusese obligat să îl admonesteze și să îi impună regulile departamentului. Era adevărat că tânărul se plângea cam mult, dar până la urmă tot își făcea treaba.

Graficul continuă să danseze în fața ochilor lui Gabriel batjocoritor, așa că omul se hotărî să facă o pauză și să ia o aspirină sau două. Exasperat, scotoci prin sertarele de la biroul său până găsi o cutie cu aspirină. Cu o grimasă în colțul gurii, înghiți două pilule în succesiune rapidă. Ura gustul medicamentelor pentru că acesta îi persista pe limbă mult timp după ce le înghițea.

Gabriel se lăsă pe spate în scaun, inspirând și expirând lent, așteptând să îi treacă durerea de cap. Nici nu începu să simtă bine efectele medicamentelor că o altă litanie de înjurături explodă pe platou.

Recunoscând tonul vocii lui Andy, Gabriel își dădu seama că va trebui să intervină în curând, pentru că altfel, Andy ar fi început să dea cu pumnul în masă, după cum îi stătea în obicei. Bărbatul deja clocotea de furie.

Andy lucrase în echipa lor de aproape un an, iar acțiunile lui deveniseră destul de predictibile. În marea parte a timpului, omul știa să exprime exact ceea ce simțea și cu mult fler. Vocea lui de bariton se făcea auzită peste tot pe platou, iar de multe ori, din cauza aceea, primiseră plângeri de la departamentul de voce.

Plângerile nu îl deranjau defel pe Gabriel. Avea el destule probleme din cauza propriei lui echipe, așa că nu mai avea energie suficientă să își facă griji pentru alții. Era problema lor, nu a lui, dacă nu făceau față la zgomot.

Împroșcarea de cuvinte urâte era atât de naturală pe platou încât ar fi putut apărea și în descrierea sarcinilor fiecărui angajat. Unii credeau că era ușor să lucrezi pe chat, dar asta nu însemna că aceia și aveau vreo idee despre ce era vorba.

Uneori, munca pe chat le măcina oamenilor nervii și aceștia trebuiau să se exprime într-un fel sau altul, să găsească o supapă pentru frustrarea lor. Pe Gabriel nu îl deranja acest lucru atunci când nu era nevoit să supraviețuiască unei mahmureli.

Tipul care înjura în acel moment nu era singura sursă de cuvinte murdare de pe platou. Chiar și Gabriel era cunoscut pentru înjurăturile sale, pe care de multe ori le împrăștia cu entuziasm.

Expletive veneau de peste tot mai tot timpul şi nu întotdeauna în timbrul baritonal al unui bărbat. Uneori astfel de invective zburau de pe buze moi, iar vocile melodioase erau în completă opoziţie cu cuvintele grosolane pronunţate din cauza stresului.

Spre mânia lui Gabriel, sesiunea de înjurături a lui Andy nu se opri destul de curând pentru a-l satisface.

—Andy, lătră el. Am spus să termini, strigă el, de data aceasta cu foc în voce.

Cuvintele dulci ale lui Andy îşi schimbară destinaţia, dar Gabriel pretinse că nu auzea nimic.

—Cine naiba crede el că este? mârâi Andy, degetele lui tapând cu furie pe tastatură.

În fond, omul era capabil să scrie şi în acelaşi timp să aibă o conversaţie cu vecinul său, Dan.

—Probabil că are impresia că e şeful, replică Dan pe un ton sec, iar Anna, care era aşezată lângă el, îl plesni peste umăr cu entuziasm.

—Pramatie, chicoti ea, dându-şi părul pe după urechi şi trăgându-şi rochia jos de pe umeri pentru a le oferi tuturor o mai bună vedere asupra umerilor ei.

Gabriel îşi dădu ochii peste cap, deşi simţi o oarecare milă pentru ea. De ceva vreme, Anna tot încerca să-şi scoată în evidenţă farmecele, iar el se cam săturase de atitudinea ei. Nu avea el inima să îi ceară să se oprească, dar fata îl scotea din minţi cu insistenţa ei de a-şi arăta umerii osoşi şi plini de coşuri.

Gabriel îşi scutură capul şi uită de ea, iar apoi îşi aruncă privirea spre Andy, dându-şi seama că nu ar trebui să îi permită să spună aşa ceva. Şi totuşi, după ce analiză situaţia vreo câteva secunde, ridică din umeri și decise să nu își exprime gândurile. Îl omora oricum durerea de cap pe care o avea și nu simțea nevoia unei alte dureri de cap, poate la fel de mare.

Gabriel băuse cam mult în ultima vreme, în ciuda faptului că acest lucru nu îl ajuta defel să doarmă. Nopțile alimentate de alcool nu dăduseră naștere decât la coșmaruri înecate în zgomot, care îl bântuiau și în timpul zilei.

—Gabriel, am tot luat chaturi de o oră și jumătate fără nici un fel de pauză. Iar alții nu fac nimic, se strecură o voce furioasă prin gândurile sale.

Gabriel își întoarse privirea într-o parte unde un tânăr greoi își proptise coatele pe tăblia mesei lui.

—Adu-mi aminte de ce te plătim? îl întrebă Gabriel printre dinți.

O roșeață ușoară coloră chipul și gâtul bărbatului, iar acesta înghiți în sec cu dificultate.

—Știu foarte bine pentru ce sunt plătit, începu el să explice, dar Gabriel nu-i permise să continue.

—Atunci fă-ți treaba în continuare, Al. Nu te mai uita peste umărul oamenilor ca să vezi ce fac, spuse Gabriel pe un ton dur, menit să încheie conversația.

—Îmi fac afurisita de treabă, mârâi Al. Dar de ce trebuie să muncesc eu de nebun pentru un salariu de nimic când alții iau aceeași bani fără să facă nimic?

—Pe bune, Al? Chiar nu fac nimic? îl contrazise Gabriel, îngustându-și ochii.

—Da, cam cum face și prietena ta de acolo, arătă Al cu bărbia spre o fată cu părul închis la culoare.

Aceasta se lăsase pe spate în scaun, cu picioarele ghemuite sub ea, și răsfoia un catalog.

Gabriel îşi aruncă ochii spre fată şi ceea ce observă îl făcu să scrâşnească din dinţi furios. Se simţea vinovat pentru ceea ce se întâmpla, dar tot nu se lăsă dojenit de Al.

—Aşa cum ţi-am spus deja, nu ar trebui să verifici ce fac alţii. Dacă ai fi fost atât de ocupat pe cât pretinzi, nu ai fi avut timp să vezi ce fac cei din jur, sublinie el.

—Ascultă aici, îşi pierdu Al cumpătul şi lovi tăblia mesei cu pumnul.

—Nu, tu ascultă aici, îl străpunse Gabriel cu o privire ascuţită. Dacă ai obosit, ia o nenorocită de pauză şi lasă-mă pe mine naibii în pace. Am de lucru acum. Mă voi ocupa de ceilalţi după aceea.

Al îşi morfoli buza superioară timp de câteva secunde, iar apoi dădu din cap şi se îndreptă. O porni spre biroul său, dar nu se putu abţine să nu scuipe printre dinţi:

—Ticălosule.

Primul impuls al lui Gabriel ar fi fost să îi spună ceva de dulce şi să îl admonesteze pentru impertinenţa lui. Îşi deschise gura să îşi exprime părerea despre comportamentul lui Al, dar se răzgândi şi ridică din umeri.

În fond, omul avea dreptate. Unii oameni luau într-adevăr salariul fără să muncească deloc. Gabriel ar fi putut să le atragă atenţia unora dintre ei, dar nu tuturor, aşa că, oftând, se întoarse la munca lui.

Căşti groase îi acopereau urechile, dar zgomotele din încăpere tot se mai amestecau într-o cacofanie ce ameninţa să se insinueze în gândurile lui. Acel zgomot constant ar fi trebuit să îi distrugă liniştea dobândită cu mare greutate, dar, de fapt, nu îl prea enerva pe Gabriel. Veteran al platoului, devenise aproape imun la gălăgia din jur şi rareori îşi pierdea concentrarea.

—Trebuie să discut cu tine.

O mână grea căzu pe umărul lui Gabriel și bruschețea gestului neașteptat, precum și duritatea tonului, mai că îl făcu să tresară.

CAPITOLUL DOI

Gabriel își controlă reacția cu o mână de fier. Sunaseră cuvintele șefului său ca o invitație, dar, de fapt, tonul lui transformase invitația în ordin.

Cu o mișcare calculată, Gabriel își luă privirea de pe monitor, nu pentru că voia să pretindă că era ocupat, ci pentru că mișcările bruște îl amețeau. Nu i se părea a fi un lucru prea inteligent să își piardă cunoștința și să cadă la picioarele șefului său pe podea.

Gabriel își îndreptă privirea spre acesta, fără a lăsa să se citească absolut nimic din ceea ce gândea pe chipul lui. În fond, nu era treaba nimănui că el se simțea extenuat sau că nisipul de sub pleoape îi zgândărea nervii.

Picioarele lui lungi, precum și degetele sale nu trădau nimic din bătălia cu sine însuși pentru că Gabriel își determinase trupul să se relaxeze. Bărbatul respiră ușor, încercând să își ascundă anxietatea în fața individului care îl deranja.

Acum că-și ridicase capul, câteva șuvițe de păr biciuiră aerul cu un șuierat domol. Ambra ochilor lui Gabriel se fixă pe chipul șefului său, iar o secundă după aceea, zâmbetul lui băiețesc își găsi ținta.

Continuând să-l strângă de umăr pe Gabriel, Adam își arcui sprânceana stângă. Îl cunoștea pe Gabriel de ceva vreme, dar, cu toate acestea, tânărul tot reușea să îl uimească.

Atingerea șefului său i se părea ciudată, iar Gabriel speră ca acesta să își ia mâna de pe umărul lui, și asta cât mai curând. În mod obișnuit, Gabriel prefera să aibă mult mai puțin contact uman decât în acel moment. Și totuși, buzele i se curbară într-un zâmbet, iar o urmă de ironie îi zăbovi în colțul gurii.

Gabriel avea mare încredere în acel zâmbet, ce părea să fie sincer, inducând astfel oamenii în eroare, chiar dacă vădea o urmă de amuzament drăcesc. Acel surâs devenise una dintre cele mai bune arme ale lui și îl ajutase să-și acopere timiditatea inerentă. În fond, îl exersase zile în șir în fața oglinzii. Acel zâmbet doborâse destui inamici, dar mai ales reușise să îi înlăture lipsa de încredere în sine însuși.

Acum, noul Gabriel, pe care îl crease cu mult efort de-a lungul anilor, ieșea în evidență ca un tânăr cu părul ars de soare și ciufulit, plin de încredere în sine. Nimeni nu-i știa temerile, iar, în cea mai mare parte a timpului, reușea să le ascundă chiar și față de el însuși.

—Hai să fumăm o țigară, spuse directorul lui Gabriel, analizând fața tânărului bărbat cu curiozitate.

Gabriel părea să se afle la kilometri depărtare, iar gândurile lui nu păreau să se învârtă în jurul locației companiei.

-Mă gândisem să mă las de fumat, mormăi Gabriel, iar apoi se ridică cu o mișcare leneșă, având grijă să nu se clatine pe picioarele tremurătoare, astfel dezvăluind tuturor cât de rău se simțea.

Cam avea el o oarecare idee despre subiectul pe care Adam dorea să-l discute, dar nu prea avea și dispoziția necesară să îi țină piept directorului lui chiar atunci. În ultima vreme, oamenii începuseră să apară cu întârziere la muncă sau nu apăruseră absolut deloc.

Vara îi vrăjise pe toți. Nimănui nu-i păsa de nimic altceva decât de o excursie la mare sau la munte. Orice etică de muncă ce ar fi existat înainte în cadrul echipei dispăruse fără urmă.

Gabriel încercase să-i facă pe oameni să se gândească și dincolo de momentul prezent, dar nu reușise. Văzuse rânjetele zeflemitoare din timpul ultimelor ședințe și ar fi fost în stare să reitereze în detaliu conversațiile ce avuseseră loc după astfel de întâlniri.

—Și te-ai lăsat deja? îl întrebă Adam, fixându-și ochii lui negri pătrunzători pe chipul lui Gabriel.

Pentru numele lui Dumnezeu, cum poate să se holbeze la cineva în felul acesta fără să clipească? se întrebă Gabriel.

—Nu, nu cu adevărat, mormăi Gabriel. Știi și tu cum este. Ceva sau cineva se ivește tot timpul, iar asta face cam dificil să te lași de fumat, spuse Gabriel cu un surâs plin de regret pe buze.

—Ei, indiferent că te-ai lăsat sau nu, tot trebuie să vorbim, ridică Adam din umeri și se îndreptă spre ușa care se deschidea spre terasă. Eu voi fuma o țigară, dacă tu nu vrei, iar tu poți să-mi ții companie, aruncă el peste umăr.

Vocea dură a lui Adam nu promitea nimic bun, iar Gabriel simți degete reci de gheață alunecându-i pe șira spinării. Prins într-un labirit de nefericire personală, Gabriel nu prea se simțea în stare să aibă de-a face cu nimic altceva în acel moment, dar știa că nu avea de ales.

Undeva în mintea lui exista bănuiala că fie nu mai avea nimic de dăruit slujbei sale, fie avea nevoie de o schimbare de scenariu. Cu toate acestea, tot mai era nevoit să plătească chirie pentru apartamentul său, iar asta îl ținea pe loc. Astfel, era prizonier al acelui loc pentru moment și trebuia să răspundă în fața lui Adam.

—Voi fuma o țigară cu tine, replică el și începu să caute una prin sertarele biroului.

În ultima vreme, nu își mai rulase țigări, sperând că acel lucru îl va ajuta să se lase de fumat.

Adam se îndreptă spre ușa de la terasă fără să îl aștepte. Gabriel pufni zeflemitor în gând, urmărindu-și șeful cu coada ochiului.

Găsi vreo două țigări uitate într-unul dintre sertare și se îndreptă de spate, gata să o ia din loc și el. O voce mătăsoasă îi strigă numele, umplându-i sângele de ură și dorință în același timp.

Gabriel trase adânc aer în piept și se întoarse spre Mia, zâna cu ochii ca aluna, care îl amețise cu dulceața din voce, pretinzând că era timidă. În același timp, femeia își ascunsese sufletul mercenar până ce obținuse ceea ce dorise.

Uneori, o ura cu o pasiune orbitoare. Cu toate acestea, de cele mai multe ori, încerca să uite de prezența ei pe platou. Nu avea nevoie de un proces de hărțuire sexuală, așa că păstra o anumită distanță de ea și își ținea gura închisă.

Ori de câte ori îi cădeau privirile pe Mia, Gabriel se gândea că bărbații erau cu adevărat niște idioți. Acum o privi și oftă în sinea lui. *Se pare că eu am câștigat premiul de idiotul anului*, reflectă Gabriel.

—Nu te pot ajuta acum, îi replică el Miei pe un ton fără inflexiuni. Am o întâlnire. Du-te și vorbește cu Andy sau Alex, dacă ai nevoie de ajutor, adăugă el, iar apoi se îndreptă spre ușă.

Cu pași meniți să arate că deborda de o energie abia ținută în frâu, Gabriel ieși pe terasă și imediat ochiii îi căzură pe directorul său.

Adam, fără să vadă sau să audă nimic din traficul zgomotos de jos din stradă, se tolănise pe unul dintre scaunele de pe terasă și părea dus pe gânduri. Când ușa se deschise, ochii i se opriră asupra lui Gabriel, iar un surâs slab i se ivi la colțul gurii.

Pașii lui Gabriel nu erau niciodată calmi și măsurați. Bărbatul prefera să apară brusc, ca o furtună, de cele mai multe ori. Tânărul părea incapabil să țină în frâu gheizerul de energie care îi controla trupul. Pașii lui mari, care acopereau distanța rapid, se potriveau bine cu felul lui de a vorbi tare și repede. Aceea era soluția lui pentru a acoperi opiniile altora.

De multe ori, Adam se întrebase dacă acel comportament dovedea fie egoismul, fie nesiguranța lui Gabriel. Indiferent de aceasta, Adam îl plăcea destul de mult, chiar dacă omul părea uneori să fie o enigmă.

Înălțimea lui Gabriel atingea doar 1,73 m, cu mult sub nivelul de 1,80 pe care acesta și l-ar fi dorit, iar aceasta reprezenta una dintre petele negre ale existenței sale într-o lume în care filmele și cărțile scoteau în evidență bărbații înalți și bine clădiți.

Cu toate acestea, silueta lui inaltă și subțire scotea în evidență picioarele lui lungi, ce vibrau cu energie greu ținută în frâu, mâinile puternice, un ciuf ars de soare și ambra ochilor tivuiți cu gene lungi și dese, ce amintea de culoarea pământului pârjolit.

Privirea cercetătoare a lui Adam îl măsură pe tânărul bărbat, iar Gabriel, cutremurându-se ușor, simți că Adam l-a disecat și analizat în profunzime în numai câteva secunde, ceea ce îl enervă.

Degetele i se jucară cu bricheta, iar el reflectă că era posibil ca directorul lui să fi observat mai mult decât i-ar fi plăcut lui Gabriel ca acesta să vadă.

Adam întotdeauna îl tulbura pe Gabriel cu privirile lui străpungătoare și ochii săi hotărâți. Bărbatul avea puterea să-l facă pe Gabriel să piardă o parte din pojghița de încredere în sine pe care o dobândise cu atâta greutate, iar tânărul ura asta.

Gabriel era mereu atent cu Adam, nu numai din cauza ochilor săi negri pătrunzători, ci și din cauza durității ascunse sub fațada amabilă pe care acesta o arăta lumii.

El, unul, nu avea nici un fel de iluzii în ceea ce îl privea pe șeful său. Atunci când auzea pe cineva menționând compasiunea și caracterul blând al lui Adam, Gabriel abia își putea stăpâni amuzamentul. El știa că Adam nu ar fi evitat să calce oamenii în picioare dacă acel lucru i-ar fi servit în țelurile sale.

Adam îl măsură pe Gabriel cu privirea încă câteva secunde, iar apoi se interesă:

—Încă o noapte târzie?

Gabriel ridică din umeri și replică pe un ton ușor:

—Nu mai târzie decât altele.

După aceea, se tolăni și el pe unul dintre scaunele de vizavi de Adam, încercând să pară preocupat, aranjând țigările și bricheta pe masa din fața lui.

Gabriel inspiră aerul fierbinte de vară, plin de gaz de eșapament, și se bucură de briza slabă care îi răcori pielea febrilă.

Ochii lui cercetară terasa discret pentru a vedea dacă se mai găsea careva în jur, pentru că nu-i plăcea să aibă martori atunci când urma să fie criticat. Cu toate acestea, ştia că mereu ieşea cineva pe terasă să fumeze o ţigară sau să ia o gură de aer, aşa că nu spera prea mult.

Tăcerea se întinse un minut sau două, călcându-l pe Gabriel pe nervi. Acesta învăţase noţiunile de bază privind mânuirea oamenilor, precum şi cele mai bune tactici pe care trebuia să le adopte, aşa că ştia că trebuia să îşi ţină gura închisă şi să aştepte ca Adam să deschidă discuţia. Cu toate acestea, zgomotul traficului din stradă nu făcea tăcerea mai confortabilă, iar anxietatea lui Gabriel crescu.

—Te macină vreun gând anume? făcu Gabriel greşeala să întrebe, iar o clipă după aceea se mustră singur în gând pentru că tocmai încălcase una dintre regulile lui de aur.

—De fapt... da, replică Adam.

Gabriel strânse din dinţi auzind tonul dur al lui Adam. Faţada amabilă a acestuia dispăruse, iar luciul metalic din ochii lui îl făcu pe Gabriel să dea mai multă atenţie la ceea ce urma.

Gabriel îşi aprinse una dintre ţigări şi băgă bricheta într-unul din buzunarele de la pantaloni, trăgând de timp. Era necesar să îşi adune gândurile împăştiate dacă dorea să plece din acea întâlnire cu mândria intactă.

Terminând cu ritualul fumatului, se lăsă pe spate în scaunul său, îşi roti uşor umerii, încercând să mai elibereze din tensiunea pe care o resimţea în muşchii înnodaţi de la ceafă. Îl mâncau degetele să îşi maseze gâtul, dar nu îndrăznea s-o facă.

Pulsaţiile dureroase din tâmplele lui Gabriel se intensificaseră din nou, de parcă nici nu ar fi luat vreo aspirină, iar uscăciunea gurii îl făcu să-şi treacă limba peste dinţii de sus.

Fără să își dea seama, își își trecu degetele nervoase prin păr, ciufulindu-se. Apoi își ridică privirea spre chipul lui Adam, iar un surâs auto-peiorativ îi apăru în colțul gurii.

—Cred că știu despre ce vrei să vorbim, spuse Gabriel pe un ton realist.

Mai apoi, trase aer adânc în piept, dar ochii lui nu părăsiră trăsăturile severe ale lui Adam. Cu colțul ochiului, observă o cotofană, care se avântă într-un arc înalt deasupra drumului. Zborul acela brusc amintea de libertatea pe care, în secret, o râvnea.

Trăgând fumul în piept, Gabriel se gândi că libertatea era un termen relativ. Chiar în acel moment, pentru el ar fi însemnat să poată pleca acasă, să tragă storurile și să se strecoare în așternut.

—Îmi imaginez că știi, replică Adam pe un ton sec, atrăgând atenția lui Gabriel spre el din nou. Nu este nici un secret că departamentul de chat se îneacă rapid în probleme, își începu Adam predica. Iar cea mai mare parte a problemelor vin de la echipa ta, nu a Larei, sublinie el, fixându-și ochii pe chipul lui Gabriel și proptindu-și glezna stângă pe genunchi, primul său gest ce denota că era pe punctul de a-și pierde cumpătul.

Pe Gabriel nu îl deranja când oamenii își pierdeau răbdarea pentru că știa foarte bine să reacționeze la așa ceva, dar atitudinea rece și de neînduplecat a lui Adam era cu totul diferită.

—Da, e adevărat, am avut câteva încălcări ale regulilor interne, începu Gabriel să explice, dar nu ajunse prea departe cu explicațiile sale.

Adam îl întrerupse cu un gest nerăbdător al mâinii, chiar dacă vocea îi suna la fel de calmă și nu îi trăda iritația.

—Nu e vorba numai de violarea regulilor interne, Gabriel, deși și acelea sunt destul de numeroase ca să facă oamenii să vorbească, sublinie el, iar ochii lui îl străpunseră pe bărbatul mai tânăr cu lucirea lor neagră metalică. Am observat, de asemenea, o cădere dramatică în calitate și performanță. Și nu numai eu am văzut asta, ba chiar și cei de mai sus au luat notă de ce se întâmplă.

Gabriel nu răspunse pentru că nu avea argumente pentru așa ceva. Deja simțise rezultatele muncii de calitate inferioară a echipei lui. Bonusul îi scăzuse cu treizeci de procente, iar lui, unuia, i-ar fi trebuit banii aceia.

—Și ar trebui, de asemenea, să menționez tensiunea care este în creștere pe platou, continuă Adam, iar ridurile din jurul ochilor lui se adânciră, în timp ce buzele i se subțiară de neplăcere. Toată tensiunea asta nu prea e bună pentru productivitate. Hmm? Tu ce părere ai?

Gabriel se crispă sub răceala cuvintelor lui Adam, dar nu îl putea contrazice pe acesta. Atmosfera din departament devenise din ce în ce mai tensionată de mai bine de câteva luni, iar planurile lui Gabriel de a aduce echipa laolaltă comandând mâncare împreună sau ieșind în grup în oraș nu avuseseră nici un rezultat pozitiv.

—Nu pot să mă pronunț cu exactitate, dar am impresia că și tu ești un factor important în această situație tensionată, spuse Adam, deși vocea lui arăta că omului nu îi venea să creadă acele cuvinte.

Adam îl cunoștea pe Gabriel și întotdeauna admirase ușurința omului de a se ocupa de oamenii din echipa lui.

—Iar chestia asta chiar mi se pare ciudată. Mereu am considerat că echipa ta te place şi te respectă. Dar acum.., îşi scutură Adam capul din cauza confuziei.

—Înţeleg ce vrei să spui, replică Gabriel pe un ton liniştit, deşi se simţea o oarecare anxietate în vocea lui.

Omul fusese conştient că prezenţa lui alimenta stressul de pe platou. Îşi dăduse seama că se schimbase cumva în ultima vreme şi că nu se mai pricepea atât de bine să îşi conducă oamenii. Mai mult decât atât, dispoziţia lui devenise impredictibilă.

În treacăt, se gândise la beţiile pe care le trăsese, dar nu era încă gata să accepte că acestea se găseau la rădăcina tuturor relelor.

—Eşti sigur că înţelegi? îl întrebă Adam accentuând cuvintele, iar tonul vocii lui îl biciui pe Gabriel.

Cei doi bărbaţi se priviră unul pe celălalt câteva momente. Atitudinea lui Adam vădea hotărâre. Gabriel se mulţumi să îşi regleze respiraţia.

Doi tineri de la departamentul de voce ieşiră pe terasă râzând. Atât Adam cât şi Gabriel îşi întoarseră capetele spre ei, iar cei doi se opriră plini de anxietate.

-Noi ne ducem în cealaltă parte, spuse cel mai înalt, arătând spre celălalt colţ al terasei.

Cei doi bărbaţi se îndreptară în direcţia aceea cu paşi repezi, dornici să fie cât mai departe de Adam şi Gabriel pe cât era posibil. Se opriseră din râs şi nu schimbară nici un cuvânt între ei.

Adam se opri câteva secunde pînă ce paşii lor se îndepărtară, iar apoi continuă.

—Fata aceea, Mia, cea pe care ai transferat-o de la proiectul de la etajul de mai jos, deși eu ți-am spus să nu o aduci în echipă. Îți aduci aminte, își sublinie Adam cuvintele cu gesturi largi.

Gabriel nu răspunse, ci așteptă să audă și restul tiradei. Cu toate acestea, simțea cum un pumn puternic îi strângea inima.

—Nu face nimic, încheie Adam pe un ton sec.

—Am observat, mai că mârâi Gabriel. Poate ar trebui să menționez că am cerut să fie pusă în echipa Larei de la început, replică el pe un ton vag ironic, gândindu-se că ar fi în favoarea lui să treacă vina pe altcineva. Nu am cerut să o am în echipa mea și aveam motive serioase pentru asta. Lara ar fi trebuit să o păstreze pe Mia în echipa ei, spuse el, încrucișându-și gleznele pentru a-și ascunde lipsa de încredere în propriile cuvinte. Cred că și Lara ar trebui să se îngrijoreze de performanța Miei.

Gabriel nu aflase ce se petrecuse între Mia și Lara, dar la numai două zile după ce Mia începuse să lucreze în departamentul lor, Lara îl anunțase că o mutase pe Mia în echipa lui. Acel lucru îi distrusese complet așteptările și îi transformase zilele într-un coșmar continuu.

Îndărătnicia Miei putea rivaliza cu cea a unui asin. Femeii puțin îi păsa de ce se presupunea că ar fi trebuit să facă și nu o interesa defel să primească vreo critică constructivă. Pur și simplu, după fiecare discuție, pleca din sală complet indiferentă față de eforturile lui Gabriel de a o ajuta să își îmbunătățească performanța.

Femeia nu părea să aibă alt interes decât să-și plimbe silueta generoasă prin fața lui și a oricărui alt bărbat prezent. Singurul ei țel era să îi facă pe toți să saliveze. După cum observase unul dintre colegi, Mia nu avea alt scop decât să ațâțe fără să ofere nimic.

Cel mai des, dispărea de la biroul ei atunci când ar fi trebuit să muncească, așa că ceilalți se plîngeau că aceasta lua același salariu fără să facă mare lucru.

În afară de aceasta, Miei îi plăcea să rănească și să batjocorească pe toată lumea, iar Gabriel se temea că în curând va fi în situația de a avea o revoltă reală în departament.

Durerile lui de cap cele mai recente erau rezultatul nopților nedormite, pline de planuri idioate și o căutare neîmplinită pentru o soluție.

Încercase să discute problema cu Mia, dar aceasta i-o tăiase scurt. Femeia chiar făcuse aluzie că exista posibilitatea ca ea să facă o plângere de hărțuire sexuală la departamentul de resurse umane, în ciuda faptului că nu avea nici un fel de bază pentru așa ceva. Gabriel nu-i mai făcuse nici un fel de avansuri și nici nu mai amintise de o posibilă relație cu ea din momentul în care aceasta îi devenise subordonată.

Bărbatul nu se temea că îl vor găsi vinovat în cazul unei investigații, dar știa că dacă ar fi dobândit o astfel de faimă, aceasta ar fi pus punct oricărei promovări în companie. Oamenii întotdeauna credeau ce era mai rău, chiar dacă nu exista nici o dovadă ca să susțină anumite alegații.

—Nu prea, îl străpunse Adam pe Gabriel cu privirea. Mia nu este responsabilitatea Larei. Tu ai adus-o aici, sublinie el. Este în echipa ta, așa că trebuie să te descurci cu ea.

Gabriel își trecu degetele prin păr. Pentru o clipă, dădu impresia că ar vrea să spună ceva, dar renunță.

—De ce ai adus-o aici? Nu-mi pasă, ridică Adam din umeri. Bănuiesc că a știut pe ce butoane să apese pentru a se asigura că va fi angajată. După aceea, a știut cum să o facă pe

Lara să o mute în echipa ta și să devină responsabilitatea ta. Așa că, acum nu îți rămâne decât să te ocupi de ea, repetă el, ochii lui înghețați străpungându-l pe Gabriel.

Pentru o clipă, Gabriel uită să se controleze și se strâmbă. Își stinse mai apoi țigarea, evitând privirea lui Adam.

Oricum, indiferent dacă ar fi acționat sau nu, tot o încurca. Să înceapă să o controleze pe Mia era departe de a fi ușor, iar el, unul, nici măcar nu știa de unde să înceapă.

Adam observă nesiguranța lui Gabriel și continuă:

—După cum am spus, nu îmi pasă cum o faci. Doar fă-o. Ai înțeles?

Gabriel dădu din cap, iar Adam își strânse buzele într-o linie subțire. Se îndoia el că Gabriel va face ceva în legătură cu Mia și știa că, până la urmă, va fi nevoit să intervină și să-i facă el treaba lui Gabriel. Nimic nu-i displăcea mai mult decât să se implice în astfel de lucruri.

—În afară de Mia, sunt și alții, de exemplu, Anna, spuse Adam lăsându-se pe spate în scaun.

—Care e problema cu Anna? întrebă Gabriel, ochiii lui mărindu-se din cauza surprizei.

Niciodată nu se gândise prea mult la Anna. Munca ei nu era printre cele mai performante, dar era în regulă și trecea de cerințele de calitate.

-Haide, nu poți să-mi spui că nu ai remarcat felul în care se îmbracă și cum se manifestă, își înclină Adam capul spre stânga, holbându-se la Gabriel cu uimire.

Gabriel ridică din umeri auzind cuvintele lui Adam, de parcă nu ar fi fost importante, iar apoi își flutură mâna cu indiferență.

—Așa e felul ei de-a fi, Adam. Și nu e singura din companie care face asta, până la urmă.

—Poate că nu, concedă Adam. Dar este singura care poartă rochiile acelea exxtrem de scurte și se comportă ca o târfuliță pentru a te face pe tine să privești în direcția ei, punctă el.

Sprâncenele i se arcuiră pe frunte, în timp ce ochii lui nu se dezlipeau de ai lui Gabriel. Adam se întrebă dacă omul era într-adevăr atât de orb încât nu putea vedea ce se afla sub nasul lui.

Chiar și un orb și-ar fi dat seama ce înseamnă un astfel de comportament, se gândi Adam cu sarcasm.

—Tu chiar ești serios? izbucni Gabriel în râs. Mi-e teamă că te înșeli, Adam. Îți imaginezi lucruri care nu există, își scutură el capul, refuzând să creadă evaluarea lui Adam.

Rochiile Annei și atitudinea ei de femeie fatală devenise deja ceva la ordinea zilei. Părea ea un pic cam târfuliță, dar acel lucru era treaba ei și nu rănea, în fond, pe nimeni. Oricum, platoul ar fi fost mai puțin interesant fără prezența ei și fără comportamentul ei cotidian.

—Gândește-te mai bine, replică Adam pe un ton tăios. Annei îi place de tine. Asta este clar. Iar lipsa ta de atenție o înnebunește.

Gabriel își arcui sprânceana stângă și rânji, considerând că Adam glumea.

—Bine, văd că nu vrei să mă crezi. Atunci să discutăm alte aspecte. Performnața Annei a coborât aproape la cincizeci la sută. În afară de aceasta, atitudinea ei le deranjează pe celelalte femei de pe platou și îi înnebunește pe unii dintre bărbați. Nu-mi spune că nu ai observat nici asta, îl incită Adam pe un ton sarcastic.

Cu ochii mari, Gabriel trebui să admită că nu observase nimic. Dar, în fond, el nu prea fusese prezent cu adevărat pe platou, chiar dacă fizic era acolo.

—Iar apoi este Andy. Știu că sunteți uneori frustrați și trebuie să că exprimați frustrarea. Înțeleg asta. Dar nu tot timpul, la naiba, își aruncă Adam mâinile în aer cu exasperare.

—Știu că Andy poate fi puțin... insuportabil, alese Gabriel să spună. Cu toate acestea, își face treaba.

—Nici măcar nu pot citi un raport când Andy este pe platou, replică Adam. Nu înțeleg nimic din ce citesc. Iar el este doar un exemplu. M-am săturat de-a binelea să aud înjurături tot timpul. Și, în afară de asta, nu sunt singurul.

—Am înțeles. O să vorbesc cu ei să reducă înjurăturile la minimum. Este în regulă? întrebă Gabriel, dorind să încheie conversația cât mai curând.

Nu fusese niciodată în situația de a fi dăscălit astfel și nu îi plăcea sentimentul defel.

—Mi-e teamă că nu va fi îndeajuns, își scutură Adam capul, făcând anxietatea lui Gabriel să crească. Sunt multe alte probleme.

—La ce te gândești? îl întrebă Gabriel.

—Trebuie să reconstruiești echipa de la zero din nou, răspunse Adam, iar cuvintele lui cutremurară lumea lui Gabriel. Știu că ai câțiva indivizi noi, dar, în realitate, cei vechi sunt sursa tuturor problemelor tale. Desigur, în curând noii angajați vor învăța să-i copieze pe cei vechi, iar eu nu doresc așa ceva. Poți să mă crezi pe cuvânt.

—Bine, mă voi gândi la ceva, spuse Gabriel și își sprijini mâinile pe brațele scaunului, gata să se ridice.

Întâlnirea aceea ad hoc îl istovise mai mult decât ar fi crezut.

Ochii îi căzură imediat pe cei doi tineri care se întorceau de la celălalt capăt al terasei și scrâșni din dinți.

—Deja m-am gândit eu la ceva, replica dură a lui Adam îl opri pe Gabriel.

Adam așteptă câteva clipe pentru ca cei doi să intre pe platou, iar apoi continuă, întorcându-se spre Gabriel:

—Îți voi trimite un memo mâine. Deja am decis asupra bugetului pe care poți conta și am pus pe hârtie câteva idei pentru tine. Trebuie să construiești în jurul acestora. Vreau să văd ceva concret în maximum trei săptămâni, ceru el pe un ton care nu lăsa loc la nici un alt comentariu.

—Să construiesc ce anume? întrebă Gabriel cu suspiciune.

—Vei organiza o activitate de team building, răspunse Adam.

Ochii lui Gabriel se măriră și acesta își șterse palmele umede de jeanși, în același timp, gândindu-se că asta era bomboana de pe colivă. Își scutură capul pentru a-și pune gândurile în ordine, dar norul din mintea lui rămase cu încăpățânare acolo unde se găsea.

—O acțiune de team building? repetă el, ochii ieșindu-i ușor din orbite.

—Da, așa este, îi replică Adam succint. Voi aștepta un plan detaliat, sublinie el.

Cercetă chipul lui Gabriel și își dădu seama că omul era oarecum amețit, așa că oftă în sinea sa și apoi continuă.

—Nu vreau să aud ceva simplu de genul hai să mergem să facem un joc de darts sau să bem bere. Vreau o acțiune reală de team building. Aceasta ar trebui să dureze trei zile. Echipa

Larei va sta pe metereze atâta timp cât tu şi oamenii tăi veţi fi plecaţi. Le va veni şi lor rândul după aceea. Acum dă-i drumul şi fă planul, se ridică Adam şi părăsi terasa fără să-şi mai arunce ochii înapoi spre Gabriel.

—Team building, şopti Gabriel cu amărăciune. Cu nebunii ăştia, îşi scutură el capul. Pentru trei zile, la naiba... Chestia asta îmi va pune capac. Ştiam eu.

CAPITOLUL TREI

Lui Gabriel îi trebuiră un pic mai mult de două săptămâni să construiască în jurul planului lui Adam și să organizeze excursia pentru team-building la munte. Iar aceasta nu din cauză că era o acțiune extrem de complexă, ci pentru că avusese nevoie de aproape două zile să treacă peste rămășițele celei mai severe marmureli pe care o trăise vreodată.

Nimeni nu putea afirma că era virgin când venea vorba să-și mureze creierii cu alcool. Mai trecuse el prin alte beții mai înainte, când se autocompătimise pentru că cineva l-a trecut cu vederea sau pentru că vreo fată a ieșit din viața lui.

Ochii lui Gabriel încă se mai încrucișau și omul încă mai simțea un ușor tremur interior ori de câte ori își amintea de ultimatumul pe care i-l dăduse Adam. Așa numea el ordinul lui primit de la bossul său. Știa că Adam nu-i dăduse decât o ultimă șansă și nimic mai mult.

Gabriel tot nu putea trece peste rușinea și mânia pe care i le stârnise predica lui Adam. Omul îi subliniase toate neajunsurile fără nici un fel de milă.

Gabriel fusese foarte ocupat în acele două săptămâni, și nu numai cu organizarea excursiei de team-building, care reprezentase o adevărată durere de cap ea însăși.

Pentru o vreme, punerea pe picioare a excursiei fusese destul de sensibilă, în mare parte pentru că Adam îi ceruse să schimbe planurile de mai multe ori.

Dar, pe lângă aceasta, în afară de Mia, Gabriel reușise, de asemenea, să își alieneze și alți câțiva dintre membrii echipei.

Trenul rula de-a lungul căii ferate, legănându-l ușor, în timp ce Gabriel privea peisajul ce trecea prin dreptul fereastrei. Bărbatul inspira și expira domol pentru ca să își domolească stresul, dar, de fapt, abia dacă era în stare să își controleze pesimismul. Toată lumea îl evita de parcă contractase ciuma.

Toți ceilalți îl ignorau și se adunaseră împreună în jurul câtorva mese departe de scaunul lui. Gabriel se așteptase deja la așa ceva, iar grimasele și privirile mânioase aruncate în direcția sa nu îl mai surprindeau defel. Pierduse deja respectul oamenilor lui și asta îl durea, pentru că, înainte să o cunoască pe Mia, știuse destul de bine să interacționeze cu oamenii.

Gabriel își simți gura uscată, plină de praf, așa că înșfăcă sticla cu apă de pe masa mică din fața lui și luă o gură din ea. În timp ce înșurubă din nou capacul la sticlă, gândul că nu mai avea nici un fel de speranță pentru acea excursie îi trecu prin minte.

I se crispă stomacul de surpriză când își dădu seama că, de fapt, nu îi mai păsa suficient de mult ca să facă vreun efort pentru a reuși cu ce și-a propus în legătură cu acea excursie.

După aceea, ridică din umeri cu indiferență. Știa că, oricum, luni urma să fie concediat. Gabriel știuse că Mia nu glumea atunci când l-a amenințat, așa că rezultatul nu l-a luat prin surprindere.

Privirea îi rătăci afară pe fereastră. O briză blândă dansa printre fruzele copacilor, iar câţiva nori pufoşi pictau albastrul cerului. Turnul unei biserici tâşni dintre rândurile dese de copaci ce ascundeau un cătun.

Vocea Miei, venind de undeva de prin vagon se insinuă în gândurile lui şi îi aduse aminte că femeia nu pierduse nici măcar o secundă după ce avuseseră ultima lor şedinţă tumultoasă. El i-a prezentat situaţia cu duritate, iar, ca rezultat, ea a strigat la el. După acea întâlnire, Mia a cerut în scris să se formeze o comisie pentru a-l investiga, acuzându-l de hărţuire sexuală, după cum îi şi promisese. Ceea ce-l durea mai mult era gândul că nici măcar nu apucase să o sărute.

Fixându-şi privirea pe râul care clipocea de-a lungul terasei de pe partea dreaptă a şinei ferate, Gabriel îndepărtă gândurile legate de Mia cu hotărâre. Femeia nu era singura din echipă care îl ura în acel moment, iar el, unul, nu mai voia să îi confere prea multă importanţă prezenţei ei. În fond, deja pierduse destul de mult timp tot gândindu-se la ea.

Râsul exploziv al lui Andy se rostogoli prin vagon, iar Gabriel îşi luă ochii de la vârtejurile râului şi îşi întoarse privirea spre locul de unde venea zgomotul.

Mai în faţă în vagon, Andy adunase toată lumea în jurul lui, distrândându-se de minune. În mod obişnuit, Andy era un om foarte tolerant, dar acum, fie că se prefăcea că nu îl vede pe Gabriel atunci când li se încrucişau drumurile, fie privea prin el de parcă ar fi fost din sticlă.

Atitudinea lui Andy îl măcina pe Gabriel pentru că acesta îl plăcea pe Andy, iar ei doi petrecuseră destule nopţi împreună şi colindaseră cluburile. Nu cu mult timp în urmă, legătura lor fusese atât de strânsă de parcă ar fi fost fraţi.

Cu toate acestea, Andy nu apreciase defel să i se spună că trebuia să-și controleze gura la muncă. Omul avea opinii foarte stricte privind libertatea de a-și exprima gândurile și părerile, iar atunci când a tras concluzia că Gabriel îi încălca drepturile fundamentale, se înfuriase.

Andy era un vulcan în stare latentă. Nu știa nici să accepte critica venind din partea cuiva cu grație și nici să construiască pe seama ei, așa că se jurase să i-o plătească lui Gabriel într-un fel sau altul. Acesta îl crezuse pentru că Andy nu uita și nu ierta nimic niciodată. Era genul de om care întotdeauna își plătea polițele dacă avea impresia că cineva l-ar fi nedreptățit.

Andy se ridică de pe banchetă și aruncă ceva peste spătarul scaunului său. Toată lumea din jurul mesei izbucni în hohote de râs, iar mai multe cuvinte indescifrabile se alăturară corului de *mulțumesc, ticălosule*, ceea ce îl făcu pe Andy să le răspundă pe măsură.

—Potolește-te, bufonule, se răsti Alex la el, dar Andy se mulțumi să ridice din umeri și să-i întoarcă spatele.

Andy îl respecta pe Alex. Gabriel își dădu seama că ar fi trebuit să discute cu Alex și să obțină ajutorul lui pentru a pune lucrurile la punct cu Andy, dar indiferent dacă ar fi avut vreo idee bună la vremea aceea, aceasta se pierduse printre gândurile sale dezordonate.

Anna părăsi a treia masă pe care o ocupa echipa și o porni spre capătul vagonului, fără să își ridice nici măcar o clipă ochii de la podea. Gabriel își dădu seama că fata îmbrățișase acea atitudine doar de dragul lui.

TEAM BUILDING CU PONOASE

Cu o săptămână în urmă, Gabriel o invitase pe Anna la o întrevedere în doi și atinsese subiectul hainelor ei sau, mai bine spus, faptul că îi lipseau hainele potrivite pentru birou. De asemenea, tot în timpul acelei întâlniri, discutase cu ea și obiceiul ei de a-și picta chipul în culorile războiului.

Din acel moment, fata nu mai fusese în stare să îl privească în ochi fără să devină roșie ca para și fără să îi tremure buzele.

Strâmbându-se, Gabriel își aminti că menționase și lipsa lui de interes față de ea, ba chiar observase că era timpul ca fata să înceapă să trăiască în lumea reală.

Acum, când li se întâlneau privirile, ceea ce nu se întâmpla prea des, umbrele întunecate din ochii ei îl tulburau pe Gabriel. El plănuise să abordeze altfel acea întâlnire, dar, după ce o invitase pe Anna în sala de ședințe, uitase complet discursul pe care îl repetase la sinedie.

Gabriel încă nu reușise să găsească o cale ca să-și spele păcatele față de Anna. Cu toate acestea, se gândea să își ceară scuze de la ea după ce își va da demisia, chiar dacă știa că atunci va fi prea târziu ca să mai rezolve ceva. Prietenia lor oricum se va sfârși.

Lui Gabriel îi părea rău că nu a fost mai diplomat cu Anna sau mai înțelegător cu George. Știa și că ar fi trebuit să acționeze cu mai mult tact atunci când a discutat cu Andy sau cu Mara.

Gândindu-se la toate cele întâmplate, Gabriel simți impulsul de a bea o sticlă întreagă de vodkă, dar știa că acel lucru nu ar fi fost prea înțelept.

Nu mult timp după aceea, își schimbă părerea. După ce a oprit trenul în stația lor finală, Gabriel și-a anunțat echipa că a închiriat două vile la marginea orășelului de munte și că trebuiau să meargă pe jos până acolo.

Oamenilor nu le prea surâse ideea că vor trebui să meargă atât de mult pe jos și începură să se plângă, iar toate deciziile pe care Gabriel le luase în ultimele câteva săptămâni zburară pe fereastră.

Conducându-și echipa pestriță spre marginea orașului, ochii lui începură să cerceteze împrejurimile pentru a descoperi unde ar fi putut cumpăra și savura o băutură. Gabriel punea un pas înaintea altuia, iar urechile îl dureau în urma atâtor plângeri și înjurături.

CAPITOLUL PATRU

De undeva din pădure, veni strigătul sinistru al unei bufnițe, iar Gabriel își iuți pasul imediat. A doua sticlă de vodkă pe care o cumpărase îi alunecă din mâna tremurătoare, stropindu-i pantalonii, dar bărbatul reuși să o prindă cu dexteritate.

—Hmm, se pare că nu sunt chiar atât de beat pe cât am crezut, chicoti Gabriel cam fără chef.

După aceea, aruncă o privire în jur și observă pentru prima dată umbrele care îl copleșeau. Brusc, avu și senzația că arborii se strângeau în jurul lui. Teama începu să-l râcâie în piept și, în același timp, un frison îl furnică de-a lungul șirii spinării. Cărarea pe care o alesese mai devreme în seara aceea trecea prin jurul unor pâlcuri de copaci, acoperiți acum de întuneric.

Gabriel își ridică ochii și se holbă la argintiul lunii, care era parțial ascunsă între nori, iar apoi, involuntar, se cutremură.

Cu câteva ore mai devreme, întins pe spate într-o poiană pe care o găsise și unde hotărâse să se odihnească, Gabriel privise stelele un timp îndelungat. Își petrecuse seara și mare parte din noapte în acea poiană, bând vodkă și fumând până nu mai știu de el. Îndepărtase toate gândurile serioase din mintea lui și, pur și simplu, existase în bula lui personală.

Acum îl durea capul și ceva îl râcâia pe gât, dar Gabriel uită imediat de acele mici inconveniențe când ceva foșni printre frunzele și surcelele din pădure. Omul se cutremură de teamă și își frecă fața cu degetele ca să se trezească. Era clar că ceva sau cineva se mișca la adăpostul întunericului, iar el nu avea nici cea mai mică dorință să afle despre ce era vorba.

Senzația acută că este urmărit nu îi dădea pace așa că se întoarse brusc. Palmele i se umeziseră deja și o picătură de transpirație începu să-i curgă de-a lungul șirei spinării.

Cineva sau ceva îi umbrea pașii, dar cum nu simțea nevoia să își cunoască urmăritorul mai îndeaproape, după o lungă privire în urma sa, o porni iute la vale, în ciuda faptului că se cam clătina pe picioare.

Era adevărat că alcoolul îi îmbibase creierii și îi afecta mersul, dar instinctul lui de conservare rămăsese alert și preluase comanda. Coborârea păru mult mai rapidă decât urcușul, în ciuda faptului că se uita în toate părțile cu spaimă.

Sentimentul că este hăituit și cineva îl vânează prin telescopul puștii sale nu îi dădea pace, așa că Gabriel cercetă copacii și tufișurile din jur. Liniștea devenise atât de adâncă, încât bărbatul tresărea la cel mai mic sunet. Uneori i se părea că pădurea vibra cu diverse zgomote și hârșâieli. În spatele lui, munții se ridicau în toată splendoarea și majestatea lor îl înfricoșă nespus.

Gabriel scrâșni din dinți și își spuse că, în acel moment, ar fi preferat să fie în traficul urât mirositor și zgomotos al orașului.

Lui Gabriel îi trebui mai mult de douăzeci de minute să ajungă înapoi la vile, iar până acolo începuse deja să gâfâie și nu numai din cauza efortului.

TEAM BUILDING CU PONOASE

Născut la oraș, bărbatul nu se simțea prea confortabil, fiind învăluit în tăcerea stranie a nopții și auzind zgomotele intermitente ale pădurii, care îl înspăimântau. Era clar că cineva umbla prin noapte. Din cauza terorii pe care o trăia, bărbatul avea senzația că furnici cu picioare păroase i târau de-a lungul coloanei vertebrale, iar teama lui îl umplea de rușine.

Pe Gabriel îl dureau picioarele, iar mușchii lui urlau, protestând împotriva marșului îndelungat în josul coastei muntelui cu o viteză numai bună să-și rupă gâtul. Trupului său îi lipsea stamina, ceea ce nu era surprinzător. De mai bine de un an, omul uitase să mai viziteze sala de gimnastică.

Dinții îi clănțăneau incontrolabil și după cum se simțea, era convins că buzele i se învinețiseră. În fond, burnițase constant în ultimul sfert de oră, iar ploaia îl udase până la piele.

Când, în sfârșit, a ajuns la destinație, Gabriel se opri și își șterse chipul ud cu degetele. Cel puțin reușise să ajungă până acolo.

Trecându-și degetele nesigure prin țepii părului, Gabriel își îndreptă ochii spre vile, dar nu zări nici o urmă de lumină în ferestre, așa că se adăposti sub streașina cabanei în care ar fi trebuit să doarmă și ridică sticla la gură, înghițind lichidul puternic. Simți focul ajungând în stomac, iar de acolo, în câteva secunde, i se împrăștie peste tot în trup.

Mai petrecu o oră afară, bucurându-se de febra pe care vodka i-o împrăștia prin vene. Mintea i se prelumbră peste tot, fără un țel anume. Își mai aprinse o țigară, iar apoi alta, până ce amețeala îl forță să se oprească.

Gabriel studie sticla cu ochii îngustați și estimă că-i mai rămăsese încă un sfert din cantitatea de lichid. Ridică sticla la buze din nou, dar greața îl lovi cu putere și abia se abținu să nu vomite.

—Bine, bine, totul e în regulă, mormăi el pentru sine. Mai e și mâine o zi. O voi termina mâine.

În fond, nu era ca și cum ar fi avut ceva special planificat pentru ziua următoare. Când ajunseseră la cabane, Gabriel îi dăduse fiecăruia dintre oamenii lui niște hârtii cu planurile pentru următoarele trei zile, dar aceștia s-au mulțumit să-i rânjească în față și să facă hârtiile ghem în pumni, numai pentru a le arunca mai apoi în coșul de gunoi.

Andy chiar profită și le oferi un adevărat spectacol. Se postase în fața lui Gabriel și l-a provocat să reacționeze. Gabriel însă preferase să își țină gura bine închisă.

Când Gabriel le propusese să împartă echipa în două pentru un joc sănătos de volei în după-masa aceea, ei, pur și simplu, își dăduseră ochii peste cap, iar după aceea, l-au ignorat și au hotărât să iasă în oraș.

Discuțiile dintre ei trădau faptul că urmau să caute un loc care servea fast food sau ceva asemănător. De asemenea, Gabriel a auzit pe cineva menționând găsirea unui club pentru a-și petrece seara și, evident, nimeni nu l-a invitat pe Gabriel să li se alăture.

În ciuda indiferenței lor vizavi de el, Gabriel a insistat și a luat-o la goană după ei. Le-a strigat ceva despre planurile lui privind o excursie pe munte în ziua următoare, neuitând să menționeze că organizase și un concurs pentru ei. Și-a sfătuit echipa să meargă la culcare devreme ca să fie odihniți pentru ziua următoare.

Rezultatul insistenței sale nu s-a vădit prea plăcut pentru el. Unii membrii ai echipei s-au mulțumit doar să îi arate degetul mijlociu, dar alții s-au gândit să îl și binecuvânteze cu unele cuvinte bine alese.

Gabriel a înțeles imediat că nu va avea loc nici o excursie pe munte a doua zi și că absolut nimic de pe lista lui amărâtă nu va fi pus în practică.

Amintindu-și că urma să aibă o altă zi liberă, Gabriel ridică din umeri și decise să se ducă la culcare, luând și sticla cu el. Fiind foarte obosit, s-a gândit că ar fi mai bine să nu își mai târască picioarele în sus pe scări spre dormitorul lui, așa că o luă la dreapta spre living.

Bărbatul și-a imaginat că ar putea să dea peste sofa și fără să fie nevoie să mai aprindă lumina. În fond, era deja trecut de trei dimineața, iar Gabriel nu voia să-i deranjeze pe cei care dormeau în acea clădire, dacă într-adevăr o fi fost cineva acolo. Probabil că toți se îngrămădiseră în cealaltă vilă, numai ca să fie cât mai departe de el.

Gabriel găsi, în sfârșit, sofaua după ce se lovi mai întâi de un fotoliu și de colțul măsuței de cafea. O durere ascuțită îi săgetă în sus pe picior și omul trase adânc aer în piept, blestemându-și ghinionul și lipsa de atenție în același timp.

Nările îi zvâcniră din cauza mirosului usturător din încăpere, care îi și întorsese stomacul pe dos pentru câteva clipe, așa că își încleștă dinții, minunându-se ce naiba o mirosi atât de puternic acolo.

Preț de o clipă, se gândi să caute întrerupătorul ca să facă lumină în cameră și să vadă, dar abandonă imediat ideea. Știa că oricum va adormi instantaneu și că va uita de miros, așa că, pur și simplu, se aruncă pe sofa, continuând să țină sticla aproape de trupul lui.

Într-adevăr, adormi în momentul în care capul îi atinse cotiera canapelei și uită de absolut tot.

CAPITOLUL CINCI

Lumina zilei se filtră prin perdelele subțiri de dantelă, gâdilându-i pleoapele și tachinându-l pe Gabriel. Colțul gurii i se zbătu, iar genele îi tremurară câteva secunde, dar Gabriel refuză să se trezească, chiar dacă starea de veghe cocheta deja cu mintea lui. Cu toate acestea, visele sale colorate se retraseră ușor și dispărură, iar partea rațională a creierului său regretă, oarecum, că nu se putea agăța de ele.

Își încovrigă brațul stâng deasupra ochilor pentru ca să se ferească de lumina puternică. Trupul lui ostenit mai cerși încă o oră de inconștiență binecuvântată, dar deja i se schimbase ritmul respirației.

Când urletele asurzitoare ale Annei ricoșară de pereți, Gabriel sări de pe canapea și un icnet îi zbură de pe buze. Sticla de vodkă, pe care omul o pusese lîngă el pe husa de pe sofa în timpul nopții, se rostogoli cu un clinchet la podea.

—Ce naiba se petrece aici? De ce strigi ca o nebună? se răsti Gabriel la tânăra femeie în momentul când reuși să stea pe picioare fără să se clatine.

Mai întâi, își frecă nisipul de sub pleoape, iar apoi își masă tâmplele dureroase pentru câteva clipe. Curând își dădu seama că avea nevoie de mai mult de atât pentru a face față zgomotului din cameră, care se cuplase cu o durere de cap cum nu mai avusese vreodată și care pulsa în tâmplele lui.

Mânios, Gabriel scrâșni din dinți și o privi pe Anna mai bine. Albețea obrajilor ei se asorta cu varul de pe pereți. Ochii femeii se lărgiseră, gata să-i sară din orbite, iar spaima ce se putea citi în pupilele ei îl șocă.

—Oprește-te din zbieratul ăsta infernal și spune-mi care este problema, îi ceru el pe un ton dur, fiind sigur că altfel nu ar fi reușit să o facă să se oprească din urlat.

Cu toate că vina de a striga la o femeie care se vădea deja necăjită îl copleși, manevra lui aduse rezultate scontate. Femeia își închise gura și arătă cu un deget tremurător spre cealaltă parte a sofalei. Plictisit din cauza acelui tărăboi, Gabriel își întoarse privirea într-acolo, așteptându-se să zărească un șoarece sau un păianjen. În același timp, simți și impulsul de a o pocni pe Anna peste față cu una dintre pernele împrăștiate pe canapea.

Un moment mai târziu, bărbatul se albi. I se făcu greață și își apăsă podul palmei deasupra gurii, sperând cu disperare să nu boteze livingul. Nu i-ar fi plăcut să trebuiască să facă curat după aceea.

După câteva secunde, stomacul lui încetă să clocotească și situația deveni mai suportabilă. Gabriel își coborî mâna de la gură, recăpătându-și o parte din calmul lui obișnuit. Faptul că sângele îi înghețase în vene l-a ajutat, chiar dacă asta îl oprea să gândească cum trebuie, iar el abia își reușea să își adune gândurile.

TEAM BUILDING CU PONOASE

Ochii sticloși de pe chipul lovit al Miei se holbau la el, iar gura femeii înghețase într-un urlet mut. Degetele ei lungi se prinseseră de husa canapalei. Corpul îi era îndoit peste cotieră, iar pupilele oarbe priveau în direcția ușii. Părul ei lung întunecat alunecase pe o parte într-o volbură de bucle moi. Gabriel nu-i atinsese niciodată părul femeii, dar, cu toate acestea, instinctiv, știa cum s-ar fi simțit acesta la atingere.

Privirea lui cutreieră peste trupul rănit la femeii, în timp ce gândurile îi pluteau în ceață, chiar dacă expresia de pe chipul lui nu trăda nimic din ceea ce gândea sau simțea.

Își frecă stomacul absent pentru a-l calm. Gânduri răzlețe i se tot iveau în minte, dar Gabriel nu credea că ar fi avut vreo importanță, așa că nu le dădu nici cea mai mică atenție.

La un moment dat, bărbatul se întrebă dacă mai dormea încă sau dacă nu cumva a fost prins într-un univers paralel. Crimele își aveau locul în romane și nu făceau parte din viața lui.

După aceea, își scutură din nou capul, privind trupul subțire drapat peste cotieră, și își dădu seama că, dacă noaptea trecută ar fi căzut pe canapea în partea opusă, ar fi dormit chiar peste trupul femeii moarte. Următorul lui gând îl avertiză că, ținând seama de circumstanțe, acum se găsea, cu adevărat, în încurcătură.

Gabriel se întoarse spre Anna, care acum plângea mocnit, cu capul aplecat în palme și umerii zguduindu-se. Omul închise ochii pentru câteva clipe, iar apoi își scutură din nou capul să și-l limpezească și după câteva clipe, spuse pe un ton domol:

—Oprește-te din miorlăit și du-te să chemi poliția acum.

Calmul lui reuși să penetreze teroarea femeii, iar Anna își șterse palmele lipicioase de transpirație și lacrimi pe blugi și o porni spre bucătărie, unde își lăsase telefonul în dimineața aceea. Nici măcar nu ajunsese până la ușă că vorbele lui Gabriel o opriră.

—Nu, asta nu e o idee bună, spuse el, iar tânăra femeie se întoarse spre el, ochiii ei reflectând surpriza pe care aceasta o încerca.

Era destul de adevărat că Gabriel se comportase ca un ticălos în ultima vreme, dar ea, una, niciodată nu crezuse că bărbatul ar fi fost laș. Acesta își asuma întotdeauna responsabilitățile.

—Cred că nu este bine să fiu lăsat singur aici cu cadavrul, așa că mai bine vin cu tine, continuă Gabriel pe un ton practic.

Observase deja uimirea Annei și avea o idee destul de bună despre ce îi trecea femeii prin minte. Cu oarecare tristețe, bărbatul își spuse că oricum nu mai conta. O Mie vie ar fi însemnat câteva momente neplăcute și probabil concedierea din companie. Asta nu ar fi fost prea rău pentru el. Deja cocheta cu ideea de a face altceva. Pe de altă parte, Mia moartă însemna că va avea parte de mari tulburări și probabil va face și câțiva ani de închisoare.

Cine naibe ar crede că nu am omorât-o eu când am fost găsit dormind în aceeași cameră cu cadavrul ei? Nici măcar eu nu aș crede dacă aș auzi așa ceva.

—Ar trebui să încuiem și ușa asta, spuse el, îndepărtându-și temerile cu hotărâre și alăturându-i-se Annei la ușă. Poliției nu i-ar place dacă cineva ar deranja... locul faptei, continuă el.

După ce întoarse cheia în broască și o băgă într-un buzunar, o conduse pe Anna la bucătărie.

Îi trecu prin minte gândul să urce la etaj pentru ca să facă un duș rapid și să-și schimbe hainele, dar imediat își înăbuși dorința. Era posibil ca poliția să presupună că a avut ceva de ascuns și că a vrut să scape de dovezi. Oricum urmau să gândească rău despre el, așa că nu era cazul să le ofere mai multă amuniție.

CAPITOLUL ȘASE

Î n pragul camerei de zi, cu mâinile înfipte adânc în buzunare, Gabriel, curios, dar și neliniștit în același timp, se balansa pe călcâie, în timp ce urmărea acțiunea anchetatorilor. Mai mulți tehnicieni criminaliști se târau pe podea, colectând diverse dovezi, pe care mai apoi le sigilau în pungi.

Deja luaseră cadavrul să-l transporte la morgă. Medicul legist, un om mai în vârstă, schimbase câteva cuvinte pe un ton scăzut cu persoana care se ocupa de anchetă, iar apoi urmă și el cadavrul la morgă ca să se ocupe de autopsie.

În acea dimineață, Gabriel fusese convins că nu mai puteau multe lucruri să-l surprindă în viață. Și cu toate acestea, când dăduse cu ochii de persoana ce urma să se ocupe de anchetă, creierul i s-a blocat, pur și simplu, timp de cîteva secunde.

Aceasta, o femeie neașteptat de tânără, se îndrepta cu pași lenți spre el chiar în acel moment, ținând un carnet în degetele mâinii stângi.

În ciuda tinereții sale, se simțea că este o persoană hotărâtă, după felul cum își trăsese în spate umerii înguști, acoperiți de o cămașă albă. Aceasta îl îngrijoră pe Gabriel. Arăta ea delicată și suplă, dar bărbatul se îndoia că femeia i-ar fi arătat vreo indulgență.

Se gândi că femeia părea pregătită să își facă treaba, iar gura i se uscă. Își trecu limba peste dinți și gustul amar îl copleși.

Teama începuse să îl cuprindă din momentul în care îi căzuseră ochii pe trupul bătut al Miei. Acum, aceasta crescu și mai mult.

Își încleștă mâinile în pumni, satisfăcut măcar că avusese instinctul să și le bage în buzunare. Nimeni nu putea să ghicească ce se petrecea cu el, iar aceasta îl mulțumea.

Tânăra femeie, *inspector șef, imaginează-ți*, veni spre el, privindu-l fix cu ochii ei de culoarea alunelor, ceea ce îl neliniști. Gabriel nu putea să îndepărteze impresia că privirea femeii reușise să penetreze trăsăturile lui imobile, astfel descoperindu-i cea mai mare parte a secretelor lui.

De nici 1,60 înălțime, femeia mergea cu spatele drept ca un soldat. Părul ei bogat negru, împletit într-o coadă franțuzească îi ajungea pâna la mijlocul spatelui. Din cauza trupului ei mic și suplu, precum și a mersului ei grațios, era departe de viziunea lui Gabriel privind un inspector de poliție.

—Poate ar trebui să găsim o altă încăpere să discutăm, îl învălui vocea ei, iar Gabriel înghiți în sec.

Ambra ochilor lui se fixă asupra gurii ei. Buza ei superioară plină îl fascina, deși nu putea spune că cea inferioară nu îi plăcea la fel de mult.

—Domnule? îi atinse ea brațul după ce trecuseră deja treizeci de secunde și el tot nu făcuse nimic altceva decât să se holbeze la ea.

Simțindu-i atingerea, Gabriel tresări și își ridică privirea spre ochii ei, în timp ce jena îi înroși obrajii. Gabriel căută prin minte cu frenezie să găsească ceva să spună pentru a-și explica comportamentul. Nu dorea ca femeia să își dea seama de ce era cu capul în nori, dar, cu toate acestea, nimic nu i se ivi în minte. Renunță și, cu un gest larg, o invită să iasă din living și să îl urmeze în hol.

—Hai să mergem la bucătărie sau pe terasă, după cum preferați, o invită el.

—Prietena ta este în bucătărie cu Ștefan, îl informă ea.

După câteva momente de confuzie, el își dădu seama că polițista vorbea despre Anna, care îi răspundea la întrebări unui alt inspector.

—Nu este prietena mea, se gândi el să menționeze pentru că nu dorea să se adune și mai multe neînțelegeri împotriva lui pe lângă problemele pe care le avea în prezent.

Când femeia își arcui sprâncenele, Gabriel înțelese că trebuia să îi ofere mai multe amănunte.

—Eu sunt supervizorul ei, începu el să îi explice ce a vrut să spună, iar una dintre acele sprâncene bine definite ale inspectoarei se curbă. Am venit aici pentru a face niște exerciții de team building, iar ea nu este singura care m-a însoțit aici, adăugă el pentru ca femeia să nu-și formeze impresii eronate.

—Înțeleg, spuse ea pe un ton domol. Și unde sunt ceilalți atunci? îl întrebă ea pe Gabriel în timp ce se îndreptau spre terasa din spatele vilei.

—Probabil că în cabana cealaltă, ridică el din umeri, ca și cum întrebarea ei nu ar fi prezentat prea mare importanță.

De unde naiba să știu eu pe unde sunt? Doar nimeni nu îmi spune absolut nimic pe aici, reflectă el cu amărăciune. *Dar nu e o problemă. E bine și așa. Nu contează,* se minți el pe sine însuși, nedorind să își analizeze propria dezamăgire în profunzime.

Îşi înfipse mâinile în buzunare din nou şi îşi încleştă pumnii. În acel moment, nu îi mai păsa nici măcar dacă oamenii lui se căţăraseră pe muntele din spatele vilelor şi se aruncaseră de pe creastă în abis.

Şi cu toate acestea, nu putea să nu se întrebe de ce nimeni nu arătase nici un fel de curiozitate faţă de ce se întîmpla în cabana lui. Nedumerit, Gabriel continuă să meargă alături de inspectoarea de poliţie, privind spre culmile care erau vizibile prin uşile franţuzeşti ce duceau spre terasă.

Când ajunseră afară, luară loc la o masă înconjurată de şase scaune. Gabriel se aşeză pe scaunul de vizavi de inspectoare. Amândoi se priviră unul pe celălalt timp de câteva clipe, încercând fiecare să ghicească cam la ce se gândea celălalt.

Gabriel îşi întinse picioarele, iar apoi scoase la iveală dintr-unul din buzunarele lui largi un pachet de ţigări mototolit. Alese una dintre ţigările pe care şi le rulase singur, gândindu-se cu satisfacţie că cel puţin îşi pregătise suficiente ţigarete să îi ajungă câteva zile pentru că, pe moment, nu ar fi avut răbdarea necesară să şi le pregătească. Avea prea multe pe cap şi avea sentimentul că se clătina pe marginea abisului, în timp ce încerca să-şi păstreze echilibrul.

Mai întâi, poliţista luă notă de ochiii injectaţi ai bărbatului, precum şi de cearcănele întunecate care i se întindeau sub ochi şi care dovedeau că acesta nu dormise suficient de mult în ultima vreme, iar după aceea, îşi deschise carneţelul, sprijinindu-şi mâna dreaptă pe el în timp ce degetele ei lungi şi elegante începură să se joace cu pixul.

—Nu cred că ţi-am reţinut numele, spuse ea, observând, în acelaşi timp, paloarea şi liniile adânci din jurul gurii lui.

—Nu m-ai întrebat, replică el cu ironie.

Ochii polițistei se lărgiră atunci când aceasta înregistră îndrăzneala din vocea lui.

Buzele femeii zvâcniră cu amuzament abia reținut și aceasta își întoarse imediat capul ca și cum ar fi vrut să-i lase impresia că se lăsase copleșită de dorința bruscă de a admira peisajul.

Dincolo de terasă, șiruri de copaci mari mărgineau așa zisă grădină de flori în care fuseseră plantate câteva petunii și panseluțe. După cum arăta, se părea că nimeni nu se gândise prea mult la acea grădină și nici nu se prea obosise cu ea.

Mult mai departe, pe coastă, copacii se îndeseau, chiar dacă nu într-o ordine anume, pentru ca sî se împrăștie mai apoi în sus pe munte, înspre rocile calcaroase care zvâcneau spre linia orizontului.

—Te întreb acum, își reîntoarse femeia privirea spre el atunci când se asigură că se putea abține și nu va izbucni în râs.

—Gabriel Barna, replică el, ridicând din umeri.

—În regulă, Gabriel, spuse ea și își notă numele în carnetul ei.

—Și al tău care este? întrebă Gabriel, admirând șirurile ordonate de cuvinte pe care femeia le caligrafia pe hârtie.

—Care al meu? își ridică ea nedumerită privirea spre chipul lui.

—Numele tău, desigur, răspunse el cu un surâs ascuns în colțul gurii.

Era conștient de ceea ce făcea. Își dădea seama că nu făcea altceva decât să invite și mai mult necaz cu atitudinea lui. Cu toate acestea, faptul că știa acel lucru nu însemna și că ar fi fost capabil să își controleze impulsurile.

Polițista își scutură capul, nefiind sigură dacă ar fi trebuit să se simtă jignită sau amuzată de comportamentul lui Gabriel.

—Ți-am spus numele meu atunci când am sosit la locul faptei, sublinie ea.

—Nu am auzit decât chestia aia, inspector de poliție sau așa ceva, explică el, scuturându-și capul. A sunat atât de important în urechile mele că am uitat să mai dau atenție și numelui care a urmat după aceea.

—Oh, înțeleg. Este Inspector Șef, iar numele este Magda Luca, replică ea. Nu este nevoie să-ți amintești de chestia cu Inspector Șef de Poliție. E suficient Inspector, îi explică ea.

—Magda sună bine, murmură Gabriel, iar ochii i se prelumbrară peste ovalul chipului ei și cămașa albă, apretată, ce îi ascundea sânii.

—Poate că da, admise ea, dar nu este pentru tine. Sunt aici cu treburi care privesc poliția și nu pentru o vizită socială, sublinie, Magda, aruncându-i lui Gabriel o privire plină de înțeles.

—Oh, da, într-adevăr, spuse Gabriel cu osteneală în voce.

Pentru câteva minute, uitase de necazul în care se găsea, iar acum că i se reamintise de acesta, memoria a ceea ce văzuse îl lovi puternic.

—Poți să-mi spui acum cum de ai găsit victima? îl întrebă ea pe un ton profesional, dându-i astfel de înțeles că a pus punct discuției ușoare de la început.

—Anna a găsit-o, mormăi el, iar sprâncenele i se încruntară. Eu numai am dormit cu ea.

Cuvintele îi scăpară din gură și când mintea lui procesă ceea ce a spus, ochii aproape că îi săriră din orbite, iar el simți impulsul să se plesnească peste cap.

—Acum... aş spune că aceasta este chiar interesant, murmură inspectoarea şi îl fixă pe Gabriel cu privirea ei inteligentă.

Ştiam eu că asta o să spui, se strâmbă Gabriel cu dispreţ faţă de sine însuşi.

—Poate dacă ai încerca să îmi explici, spuse Magda continuând să-l privească cu ochii ei pătrunzători. Vrei să spui că obişnuiai să te culci cu victima sau ce?

—Nu m-am culcat niciodată cu ea, replică el. Cel puţin, nu atâta timp cât era în viaţă, se gândi el să menţioneze pentru a îndepărta orice confuzie.

—Ai fi primul individ pe care l-am auzit mărturisind că s-a culcat cu o femeie decedată, spuse ea fără expresie, chipul părându-i tăiat în piatră.

Brusc, poliţistei nu îi mai plăcu defel atitudinea lui nonşalantă.

—Dacă îmi aduc eu bine aminte, şi crede-mă, îmi aduc aminte, există un articol în codul penal care face referire exact la aşa ceva, sublinie ea pe un ton aspru.

—Ei bine, nu m-am culcat cu ea în acel fel. Pur şi simplu, s-a întâmplat să adorm lângă ea, clarifică el. Iar chestia asta nu se găseşte în acel articol al codului penal de care vorbeşti. Sunt sigur de asta, dădu el din cap, plin de încredere în cuvintele sale.

—Cum e posibil ca cineva să adoarmă lângă o persoană decedată? îşi îngustă ea ochii, semn clar că nu îl credea.

—Este posibil dacă acel cineva e beat pulbere, ridică el din umeri cu nonşalanţă.

Gabriel luase hotărârea să fie sincer faţă de poliţie chiar de la început, aşa că după aceea continuă pe aceeaşi linie.

—Nu aş putea spune că mi-ar fi plăcut să trăiesc o astfel de experienţă dacă aş fi ştiut că este moartă. Oricum, eu, unul, pur şi simplu, nici nu am ştiut că era un cadavru pe sofa acolo, spuse el, iar mai apoi îşi scutură capul necăjit.

Îşi blestemă gura lui mare, care, ca de obicei, vorbea fără el, în loc să rămână pe aceeaşi linie cu gândurile lui. El, unul, voia să fie sincer, dar asta nu însemna şi să dea din gură ca un idiot, totuşi.

Iritat, îşi aruncă ţigara în scrumiera de pe masă, deşi reuşise să tragă numai două fumuri din ea, iar aceasta se stinsese de la sine.

—Din fericire, dacă pot să spun aşa ceva, se strâmbă el, nu mi-am dat seama că am adormit lângă o femeie moartă. Când am aflat, evident, chestia era deja de domeniul trecutului, îşi desfăcu el braţele larg.

Şi cu toate acestea, Gabriel ştia că nu va fi niciodată capabil să uite aşa ceva. Încă tot se mai cutremura când îşi amintea de trupul lovit al Miei, îndoit peste sofa.

Ochii atenţi ai Magdei îl priviră fix pe bărbatul din faţa ei, iar după aceea, dădu din cap şi notă ceva în carnetul ei.

—Acum înţeleg de ce este sânge pe blugii tăi, arătă ea cu degetul spre manşeta de la pantalonii lui.

Gabriel îşi coborî privirea şi îşi ridică picioarele pentru a vedea şi el despre ce era vorba. Când dădu cu ochii de petele de sânge de pe pantalonii săi, începu să înjure cumplit, iar apoi îşi frecă stomacul cu un gest absent care, în numai câteva ore, devenise un obicei.

Bărbatul nu observase sângele de pe hainele lui mai înainte de a i se atrage atenția, dar acum că știa de prezența lui, îl copleși greața din nou. Înghiți cu greu de vreo câteva ori pentru a scăpa de ea și își coborî pleoapele, evitând să întâlnească privirea Magdei înainte să își fi revenit.

—Înțeleg că erai beat înainte să te întorci la vilă seara trecută, spuse Magda, împreunându-și mâinile peste carnet. Poți totuși să apreciezi cam pe la ce oră ai intrat în living?

Gabriel se lăsă pe spate în scaun și încercă sa calculeze timpul în gând. După câteva secunde, gura îi schiță un surâs compătimitor și omul își scutură capul.

—Mi-e teamă că nu pot. Probabil că după miezul nopții, cred. Mult timp după miezul nopții, își corectă el declarația, iar după aceea tăcu și așteptă cu răbdare întrebarea următoare.

Privirea fixă și cercetătoare a polițistei îl tulbura pentru că femeia părea capabilă să îi citească gândurile, iar acel lucru îl deranja. Un fior îi traversă șirea spinării, iar ochii i se întoarseră înspre vârfurile montane din depărtare.

—Bine, destul de corect, aș spune, murmură ea.

Magda studia jocul de expresii de pe chipul bărbatului cu amuzament ascuns. Își imagină că acestuia i-ar fi surâs să pară misterios și greu de descifrat și era clar că încerca să joace rolul unui bărbat în elementul lui. Cu toate acestea, bărbatul nu reușea să-și ascundă teama și șocul față de situația în care se găsea. În ciuda acelei impresii, polițista consideră că omul se dovedea destul de interesant și era curioasă să afle mai multe lucruri despre el.

—Ai putea să-mi spui cum ai ajuns aici și de ce? îl îndemnă ea pe Gabriel să-i răspundă, gesticulând vag cu mâna.

—Cu trenul, răspunse el fără să se întoarcă spre ea.

—Nu te va ajuta cu nimic dacă ești insolent, îl avertiză Magda pe o voce moale, știind că astfel va avea mai multe șanse să-l facă să-i vorbească.

Cu toate acestea, polițista își rezervă dreptul să se înfigă în el dacă ar fi considerat că era nevoie.

—Nu sunt obraznic, replică el, întorcându-se spre ea. Departe de mine un astfel de gînd. Pur și simplu este adevărat că am venit cu trenul.

—Știi foarte bine că nu asta te-am întrebat, i-o întoarse ea, încercând să-și păstreze răbdarea, deși atitudinea lui o enervase destul de mult deja.

—Dacă spui tu, murmură Gabriel și își schimbă poziția în scaun.

Inspectoarea își arcui sprâncenele, pârjolindu-l cu o privire plină de reproș. Gabriel își înfipse mâinile în buzunare din nou și încercă să pară indiferent.

—Bine, bine, îți spun. Directorul meu a luat decizia să facem această excursie. Ceva legat de întărirea echipei, dacă este necesar ca să știi. Mda, observă el pe un ton ce clocotea de ironie amară. Într-adevăr am clădit echipa.

—Ce vrei să spui? se aplecă Magda în față, sprijinindu-și brațele de masă și privindu-l pe Gabriel cu atenție.

—Doar ce am pierdut un membru al echipei ieri sau azi dimineață foarte devreme, nu-i așa? ridică el din umeri. Nu că ar fi fost cine știe ce echipă de la început, murmură el ca pentru sine.

—Ceea ce înseamnă? întrebă polițista, dovedind că auzul îi era destul de bun.

—Asta înseamnă că echipa e la pământ, îi răspunse el pe un ton dur. Mi-am pierdut autoritatea și respectul pe care îl aveam mai înainte, ca să știi, ridică el din umeri din nou, iar de data aceasta, chipul îi deveni indescifrabil.

—Le-ai pierdut în timpul acestei excursii? îl întrebă ea, privindu-l pe sub gene.

—Nu, cu mult înainte de această călătorie, recunoscu el, scuturându-și capul cu o urmă de vinovăție. Excursia a fost doar ultima picătură, ca să spun așa, explică Gabriel, întorcându-și ochii spre pădure.

Bărbatul inspiră profund pentru a-și potoli anxietatea care îi vibra prin trup. O briză ușoară fredona printre frunzele copacilor, iar raze de lumină luceau ici colea, aducând o urmă de liniște ochilor lui.

—Înțeleg... Ai fi dispus să îmi explici de ce s-a întâmplat așa? îl întrebă Magda, care il studia cu atenție.

Lui Gabriel îi trebuiră câteva momente să se gândească la întrebarea ei și să caute o scuză sau alta. După câteva clipe, însă, renunță și decise să-i spună adevărul.

—Administrare inadecvată a echipei, aș spune, explică el ridicând din umeri. Ca să fiu mai precis, felul în care am considerat eu că ar fi fost bine să conduc echipa... alegeri greșite. Chestii obișnuite, știi cum e, admise el, întorcându-se spre polițistă și privind-o drept în ochi.

—Ce-mi poți spune despre femeia pe care am găsit-o moartă în camera de zi? întrebă inspectoarea, lăsându-se pe spate în scaun și aplecându-și capul pe o parte pentru a judeca atitudinea martorului mai bine.

—Mia Lazăr, specifică el. Acela e numele ei, dar bănuiesc că deja știi acest lucru. Mia m-a convins să o aduc în departament de pe alt proiect, spuse el, iar după aceea, își întoarse privirea spre pădure, știind că ochii i se vor schimba când va pronunța următoarele cuvinte și nedorind ca Magda să fie martoră la acea schimbare.

—Iar după aceea? întrebă Magda pe un ton liniștit.

—Apoi a convins-o pe supervizoarea celeilalte echipe să o transfere în echipa mea, ridică el din umeri, privind din nou în ochii polițistei acum, fără ca măcar să clipească.

—De ce? veni următoarea întrebare.

Preț de câteva clipe, Gabriel se mulțumi numai să o privească pe femeia de vizavi de el, dar după aceea, un zâmbet urât îi lumină chipul, făcând-o să tresară.

—Probabil pentru că niciodată nu a intenționat să iasă cu mine, spuse el cu îndrăzneală, scoțându-și mîinile din buzunare și încrucișându-și brațele peste piept. Pur și simplu, m-a dus cu zăhărelul.

—Acum, aș spune că asta sună destul de interesant, murmură Magda.

Ochii Magdei se îngustară și îl analiză pe Gabriel cu și mai multă grijă. Femeia abia se abținuse să nu fluiere. I se oferise pe tavă unul dintre principalele motive pentru care un bărbat ar fi comis o astfel de crimă. Suna exact a omucidere ca la carte, așa că polițista ar fi putut să închidă cazul, pur și simplu, să îl lege cu fundă și să termine cu el. Dar, cu toate acestea, nu îl vedea pe Gabriel în rolul criminalului cu prea multă ușurință, deși dăduse ea peste lucruri și mai ciudate în trecut.

—Deci se pare că există o legătură între voi doi, trase ea concluzia, așteptând să audă răspunsul lui.

—Dacă vrei să privești lucrurile astfel, atunci da, există ceva, ridică Gabriel din umeri, pentru ca după aceea să se foiască în scaun, nesimțindu-se prea confortabil sub privirea atentă a polițistei.

Mai apoi își încrucișă gleznele și își aprinse o țigară, oarecum amuzat să remarce că mâinile îi erau încă destul de sigure.

—Și cum le-ai privi tu? își aplecă Magda capul, uitându-se la el întrebător.

—Cam undeva pe linia *Hai să prindem un fraier*, ridică el din umeri, fără a-i întoarce privirea.

Se simțea prost să recunoască adevărul. În fond, până în acea clipă, nu discutase cu nimeni despre acel lucru.

—Și imaginează-ți că am crezut că sunt mai inteligent de atât, își scutură el capul cu dispreț.

—Te-ar deranja să îmi explici mai pe larg? își arcui femeia sprâncenele, așteptând ca bărbatul să-și întoarcă privirea spre ea pentru ca să îl poată citi mai bine.

—Nu sunt multe de spus, își scutură el capul. Dar presupun că trebuie să îți spun, își îndreptă el, într-un sfârșit, ochii spre Magda, iar un surâs ezitant îi apăru la colțul gurii.

—Da, cam așa ceva. Trebuie să îmi spui, dădu ea din cap, aprobându-i cuvintele.

Gabriel se strâmbă și Magda se văzu nevoită să își ascundă zâmbetul. Bărbatul vădea atitudinea unui adolescent recalcitrant, în ciuda vârstei lui, iar dorința de a nu răspunde la întrebarea ei îi strălucea în ambra ochilor.

—Bine, atunci îți voi spune, se întoarse el spre ea cu totul, aparent hotărât să clarifice situația.

Omul se agită un pic, încercând să găsească o poziție mai confortabilă, iar apoi începu să vorbească.

—Am cunoscut-o pe Mia la muncă. Lucra într-un alt departament, ca să știi, dar am dat de câteva ori unul peste celălalt în zona de fumat, spuse el.

Gabriel inspiră profund, iar apoi trase din țigare. Ochii i se îndreptară spre copaci pentru câteva clipe, iar apoi se întoarseră la chipul polițistei.

—În fine, am vorbit vreo câteva zile... De fapt, ar trebui să spunem că m-a vrăjit vreo câteva zile, se strâmbă el, iar adâncitura dintre sprâncenele lui deveni mai vizibilă.

—Înțeleg, murmură Magda, iar nuanța ochilor ei deveni mai intensă. Vrei să spui că și-a jucat rolul așa cum trebuia și ți-a sucit mințile.

—Vezi, tu te-ai prins de asta mai repede decât mine, scuipă el cu amărăciune, iar după aceea, râse de el însuși, realizând ironia situației.

Gabriel își scutură capul cu dispreț față de sine, iar buzele i se strânseră într-o linie subțire.

—Deci, pe scurt, te-a amețit, Magda făcu sumarul situației.

Gabriel își aplecă capul aprobând-o și cercetându-i ochii în același timp.

—Nu ai fi fost primul și nici ultimul care a trecut prin așa ceva, nu-i așa? scăpărară ochii Magdei.

—Nu a fost chiar atât de simplu, se apără el, începând să bată darabana cu degetele pe masa de grădină.

—Ce a complicat lucrurile? își arcui Magda sprâncenele.

—M-a convins să o ajut să se mute în departamentul meu, recunoscu el.

—Deci legăturile de dragoste sunt acceptate în compania ta? întrebă inspectoarea, iar vocea ei îi trădă neîncrederea.

—Nu sunt reguli foarte clare, ca să știi, își flutură Gabriel mâna, făcând gesturi largi. Există multe zone gri, ca să spun așa. Desigur, este de așteptat să nu... faci vreo cucerire romantică în propria ta echipă, dacă ești superiorul acelei persoane, ca să spun așa, explică el cu o ridicare din umeri.

—Atunci cum de a flirtat cu tine să te convingă să o aduci în departamentul tău? Nu face nici un fel de sens, îl privi Magda fix, cu ochiii îngustați.

—Avem două echipe în departament, așa că planul nu era să o aduc pe Mia în echipa mea. Se presupunea că ea se va alătura celeilalte echipe pentru ca noi doi să putem avea o aventură de dragoste fierbinte, i-o întoarse Gabriel cu dispreț în voce.

—Deci, ce s-a întâmplat? îl întrebă Magda, prinsă deja în povestea lui.

—Am adus-o în cadrul proiectului. Nu știu ce a făcut sau ce a spus Mia, dar celălalt supervizor a transferat-o în echipa mea, explică el, gesticulând. Desigur, acela a fost planul Miei de la bun început, ca să știi, spuse el, iar oboseala i se strecură în voce.

Magda se lăsă pe spate în scaun, lovindu-și ritmic pixul de carnet. Gabriel părea pe gânduri, așa că ea se folosi de acel moment pentru a-l studia cu grijă.

Bărbatul părea destul de obosit, chiar dacă prinsese câteva ore de somn. Umbrele de pe chipul lui, precum și trăsăturile, îi scoteau în evidență ambra topită a ochilor. Polițista trebui să admită că liniile cinice din jurul gurii lui puteau incita orice femeie.

—Acum câteva săptămâni, am aflat că, de fapt, Mia avea un iubit și că relația aceea dura de aproape un an, ca să fiu mai precis, reîncepu el să vorbească și se întoarse spre Magda din nou. Legătura dintre ei începuse cu mult înainte ca ea să mă agațe pe mine.

Surâsul îi dispăruse, iar severitatea gurii lui nu lăsa nici un fel de îndoială că resimțea profund tot ceea ce i se întâmplase.

Magda nu știa dacă bărbatul avusese sentimente profunde pentru Mia sau dacă numai mândria îi fusese rănită, dar se părea că acesta avea destule motive să i-o plătească femeii.

—Înțeleg, murmură Magda, fără să își ia ochii de pe chipul bărbatului. Îți dai seama că până acum mi-ai dovedit că ai avut destul de multe motive să-i dorești Miei moartea.

—Știu, dar mă îndoiesc că nu ai fi descoperit totul de una singură, așa că nu am nici un motiv să țin ceva secret, nu-i așa? se încruntă Gabriel la ea.

Buzele Magdei zvâcniră cu umor neascuns și atraseră privirea lui Gabriel. Bărbatul nu se obosi să-și ascundă fascinația vizavi de gura ei mică, perfect așezată pe chipul ei sculptat cu delicatețe și fler.

Toate trăsăturile femeii se potriveau una cu cealaltă, iar el nu-i putea descoperi nici un defect. Gabriel nu-și amintea să fi văzut vreodată un exemplar feminin atât de reușit.

Magda lăsa impresia că era delicată și grațioasă, dar acest lucru nu îl inducea deloc în eroare. Bărbatul își dădu seama că femeia poseda o anumită tărie de caracter și o încăpățânare ce îi controla frumusețea exterioară.

—Ai dreptate, nu are sens să ții nimic secret, se arătă Magda de acord cu el.

Bărbatul percepu amuzamentul din vocea ei, dar se decise să nu reacţioneze. Oricum, nu avea dreptul să se plângă. Oricine ar fi murit de râs dacă s-ar fi găsit faţă în faţă cu un idiot de o anvergură ca a lui.

—Deci, ce s-a întâmplat după aceea? întrebă Magda, încrucişându-şi picioarele şi jucându-se cu pixul din mâna ei.

—Mia a ajuns în departamentul meu. După cum am spus deja, în numai două zile, a determinat-o pe supervizoare să o mute în echipa mea pentru că ştia că nu voi putea încerca să am o relaţie cu ea dacă se găsea în subordinea mea, recită Gabriel fără intonaţie, ridicând din umeri.

—Şi asta a fost tot? îşi arcui Magda sprâncenele, oprindu-se din jocul ei cu pixul.

Gabriel o privi, iar sarcasmul îi luci în pupile. Mai apoi, îşi scutură capul şi rămase pe gânduri pentru câteva clipe. Îşi dădea seama că ceea ce urma să spună reprezenta ultimul cui bătut la propriul coşciug. Cu toate acestea, ştia şi că dacă şi-ar fi ţinut gura închisă, ar fi fost mult mai rău până la urmă.

—Evident că nu, spuse Gabriel, iar limba îi şerpui peste buzele uscate pentru a le umezi. Din momentul în care Mia a intrat în echipa mea, a început să facă doar ce voia. Un lucru este clar, însă. Nu avea deloc chef de muncă.

—Şi tu ce ai făcut? se interesă Magda, potolindu-şi degetele când îşi dădu seama că începuse să bată darabana cu pixul în tăblia mesei.

—Am organizat o şedinţă ca să îi explic ce ar fi trebuit să facă, ridică Gabriel din umeri, iar Magda îşi dădu seama că acel gest era inerent personalităţii lui.

—Şi cum a mers? Şedinţa, vreau să spun, specifică ea.

—Taman bine, spuse el cu derâdere în glas. Mia mi-a spus să încetez să o bat la cap pentru că dacă nu va depune plângere cum că am hărțuit-o sexual.

—Asta a fost un răspuns extrem de neplăcut, observă Magda.

—Mda, cam așa am crezut și eu, îi replică Gabriel cu sarcasm.

—Și atunci tu ce ai făcut? vru Magda să știe.

—Nimic, mărturisi el. Am încetat să îi mai spun ceva.

—Pentru cât timp? îl întrebă inspectoarea, având senzația că bărbatul pe care îl avea în fața ochilor nu ar fi fost capabil să stea cu brațele încrucișate fără să ia nici o măsură timp de mai multă vreme.

—Nu mult, doar vreo câteva luni. Și cu toate acestea, acele luni au fost suficiente să distrugă echipa, recunoscu Gabriel, ațintindu-și privirea pe linia orizontului.

—Deci ce ai făcut după acele câteva luni? îl întrebă ea din nou.

—Am făcut ceea ce a trebuit să fac, mormăi el, aruncându-i Magdei o privire scurtă, înainte de a-și întoarce ochii înapoi spre pădure.

Își frecă tâmplele cu degetele pentru câteva clipe și, după aceea, privi din nou înspre Magda.

—Oricum o să afli destul de curând, așa că mai bine îți spun eu, zise el pe un ton liniștit, dar după aceea nu mai continuă, ci se mulțumi numai să se uite la polițistă fix și să-și vâre mâinile în buzunare din nou.

—Să-mi spui ce? îl întrebă ea, ațintindu-l cu privirea, simțind că bărbatul era încordat și neliniștit.

Gabriel ridică din umeri. Își căută cuvintele, dar nu reuși defel să găsească cea mai bună formulă pentru a exprima ceea ce gândea, așa că pur și simplu spuse adevărul:

—Mia într-adevăr a făcut o plângere de hărțuire sexuală împotriva mea. Se presupune că lunea viitoare voi apare în fața unei comisii din cauza aceasta, îi explică el, pe un ton monoton.

—Un alt motiv pentru a o ucide pe Mia, observă Magda, ușor pe gânduri, lovindu-și ritmic buzele cu pixul.

El râse cu amărăciune.

—Da, ai putea spune asta, recunoscu el adevărul, scoțându-și mâinile din buzunare și deschizându-și brațele. Probabil că acum ești satisfăcută. Ai rezolvat cazul mai curând decât ai fi crezut, remarcă el pe un ton rece.

—Nu în mod deosebit, își scutură ea capul, studiându-l. Tot mai trebuie să investighez toată povestea, sublinie ea.

Gabriel nu făcu altceva decât să ridice din umeri, semn că fie nu îl interesau cuvintele ei, fie nu o credea.

—Ai fi de acord să ne dai hainele pe care le porți în acest moment? îl întrebă femeia, aplecându-și capul pe o parte pentru a-l analiza mai bine. Și vreau să spun, absolut tot ce ai pe tine.

—Mda, poți lua tot ceea ce vrei, spuse el, privind-o pe Magda, amuzamentul lucind în ochii lui pentru prima dată. Să scot tot ce am pe mine chiar acum? întrebă el pe un ton provocator.

—Nu, mulțumesc, mă voi lipsi de asemenea fiori, replică ea sec. Îl voi trimite pe Ștefan cu tine la etaj, unde vei da jos hainele de pe tine, iar el le va colecta în sacii pentru dovezi.

—Păcat, își scutură Gabriel capul. Îmi plăcea ideea mea mai mult. Cel puțin așa, m-aș fi ales și eu cu ceva, îi făcu el cu ochiul, cu toate că era clar că mintea lui numai la asta nu era.

—Sunt sigură că ți-ar fi plăcut, îl aprobă Magda dând din cap cu înțelegere. Dar eu nu sunt aici ca să fac lucrurile mai excitante pentru tine, ca să știi.

—Nici nu crezusem că ai venit pentru așa ceva, replică Gabriel cu chipul împietrit. Mai sunt alte întrebări? se interesă el, ținându-și capul sus, în timp ce în ochi îi juca o lumină periculoasă.

Magda își strânse buzele iritată, gândindu-se să-i dea o replică mușcătoare. Iritarea îi strălucea în ochi, iar piciorul ei drept începu să bată ritmic în gresia de pe terasă, trădându-i neplăcerea. Femeia ar fi dorit să îi spună câteva cuvinte bine alese, dar, brusc, Anna apăru pe terasă.

—Îmi pare rău că trebuie să vă întrerup, zâmbi ea spre Magda și Gabriel, deși trăsăturile ei îi trădau încordarea și tânăra femeie își freca mâinile îngrijorată.

—Ce mai este acum? o întrebă Gabriel pe un ton dur.

Bărbatul nu se simțea deloc mărinimos față de nimeni în acel moment, când propria lui libertate atârna în balanță, iar el nu avea nici cea mai mică idee ce ar fi trebuit să facă pentru a și-o proteja.

—Nimeni nu știe unde este Alex. Victor, Dan și George au spus că nu l-au mai văzut de ieri după-amiază. Ceilalți s-au adunat pe veranda de la intrarea în vilă, arătă Anna cu bărbia spre interiorul casei.

—Ești sigură că nu s-a cuplat cu careva? o întrebă Gabriel după câteva momente de tăcere încordată.

Anna începuse deja să se foiască pe loc, nesimțindu-se deloc confortabil sub privirea lui fixă.

Gabriel nu prea știa ce să creadă, dar nu credea că ar fi fost cazul să-și facă griji pentru Alex. Era bine știut că acesta era un favorit al sexului feminin și că reușea întotdeauna să agațe pe cineva mai rapid decât oricare altul. Din cauza aceea, Gabriel se gândi că, probabil, Alex se ascunsese pe undeva cu vreo femeie.

Anna își scutură capul pentru a-l contrazice, chiar dacă părea să cam ezite.

—Nu cred. Alex era necăjit din cauza ta și nu prea se simțea dispus să petreacă timp cu noi. După ce a băut două beri, a spus că se întoarce aici. Nu l-am mai văzut de atunci, explică ea.

—Ai verificat camerele din cealaltă vilă? o întrebă Gabriel, iar Anna dădu din cap ca să-l facă să înțeleagă că au făcut deja asta. Dar camerele din această vilă? o întrebă el după aceea.

—Nu ne-am uitat aici încă, recunoscu ea. Ne-am gândit să te întrebăm pe tine mai întâi. Am presupus că e posibil ca tu să-l fi văzut pe Alex pe undeva și noi să ne agităm fără rost. Din moment ce nu l-ai văzut, cred că ar fi bine să începem să ne uităm în camerele de la etaj, spuse ea. Aici jos nu este și, dacă ar fi fost, ar fi ieșit până acum, sublinie ea.

—Asta așa este, o aprobă Gabriel. Hai să vedem dacă e sus atunci, o porni el spre ușă.

—Bine atunci, spuse Magda de undeva din spatele lui. Voi aștepta aici ca să discut cu Ștefan.

Cu pași mari, Gabriel deja ajunsese la scări, așa că nu se mai întoarse înspre ea, ci se mulțumi să își fluture mâna, în semn că a auzit-o. După aceea, continuă să urce scările spre primul etaj cu Anna în urma lui.

Când a ajuns pe palierul de sus, o luă pe coridor spre dreapta și se îndreptă direct spre camera pe care Alex ar fi trebuit să o împartă cu Andy.

Acesta din urmă alesese acel dormitor din cauza poziției sale. Era încăperea cea mai îndepărtată de camera lui Gabriel și se afla la celălalt capăt al culoarului, într-un alcov separat. Avea o baie în interior și chiar dacă aceasta nu avea cadă, ci doar un duș, Andy era destul de mulțumit cu aranjamentul.

Gabriel ciocăni la ușă și așteptă un răspuns. După câteva secunde, împinse ușa, și trecu cu privirea peste lucrurile din cameră. Observă imediat gențile împrăștiate în jur, din care hainele se revărsaseră pe podea și pe scaune. Cu toate acestea, era clar că nimeni nu dormise în nici unul dintre paturi.

Gabriel păși în încăpere și se duse spre baia a cărei uși fusese lăsată larg deschisă. Privirea îi trecu peste chiuveta uscată și prosoapele neatinse. Nu se vedea nici cel mai mic semn că cineva ar fi vizitat acea cameră în ultimele ore.

—Nu este aici, se întoarse Gabriel la ușă, unde Anna îl aștepta. Vom verifica toate camerele, se hotărî el, deși îi trecu prin minte că dacă s-ar fi apucat să strige numele lui Alex, căutarea lui s-ar fi încheiat mai curând.

Urmat de Anna, Gabriel începu să deschidă ușile și să cerceteze fiecare încăpere de pe palier, precum și băile adiacente. Răbdarea i se cam apropia de final, așa că își promise să aibă o vorbă cu Alex pentru că l-a făcut să reacționeze ca un idiot.

—Nu este în casă, vocea anxioasă a Annei pătrunse în gândurile lui Gabriel. Nu a mai rămas decât camera ta, spuse ea, iar privirea pătrunzătoare a lui Gabriel se întoarse spre ea.

Bărbatul nu s-a gândit că fata observase care era camera lui. Îşi aminti de cele spuse de Adam, iar acum vorbele lui începură să facă sens, făcându-l să se simtă şi rău în acelaşi timp.

—Vom verifica şi camera mea, replică Gabriel pe un ton nu prea politicos. Nu îl văd pe Alex să se refugieze în camera mea, dar mai bine să ne acoperim toate bazele, explică el în timp ce paşii lui mari acopereau lungimea holului.

Deschise uşa la dormitorul lui şi pătrunse înăuntru. Uşa deschisă de la baie se afla chiar în raza lui vizuală, aşa că imediat îşi dădu seama că nu se găsea nimeni înăuntru.

Gabriel păşi în dormitor. Mai înainte, uşa ascunsese patul aşezat sub fereastră, dar acum acesta se găsea în faţa ochilor lui. Bărbatul trase aer adânc în piept din cauza surprizei, înghiţi cu greutate, iar frisoanele îi zguduiră abdomenul.

Bărbia îi căzu în piept cu resemnare. Gabriel trebui să admită că orice şansă ar fi avut mai devreme, aceasta dispăruse acum. Era mai mult ca sigur că-i era menit să vadă cum arăta o închisoare pe dinăuntru, ba chiar bănuia că va avea ani la dispoziţie să se acomodeze cu viaţa din puşcărie.

—Acum voi ieşi din cameră şi voi încuia uşa, Anna, spuse el pe un ton ciudat de calm. Voi aştepta aici pe palier. Tu du-te şi adu poliţia aici sus.

Anna îşi ridică mâna la gât cu un gest surprins, iar apoi întrebă abia audibil:

—Este Alex înăuntru, Gabriel?

—Da, este, replică Gabriel pe acelaşi ton ciudat ce părea a veni de foarte departe. Uite, ascultă aici, Anna, ieşi el din dormitor, închizând uşa în spatele lui pentru ca tânăra femeie să nu vadă ce se găsea pe pat.

Gabriel nu credea că ar fi fost capabil să-și păstreze calmul dacă aceasta ar fi început să țipe așa cum făcuse mai devreme de dimineață.

—Uite, Anna, încui ușa, întoarse el cheia în broască cu un gest larg teatral. Tu iei cheia, i-o înmână el rapid pentru a nu se răzgândi.

Era mult prea tentant. Instinctul lui de supraviețuire îl împingea să facă ceva cu adevărat idiot.

—Acum eu rămân aici și mă voi sprijini de balustradă. Tu du-te și adu-o pe polițista aceea aici sus, îi ceru el pe un ton blând, încercând în același timp să îi surâdă femeii speriate.

După aceea, își strecură mâinile în buzunare, se lăsă pe balustradă și își încrucișă gleznele.

Anna îl privi cu ochi triști de cățeluș, dar după câteva secunde, dădu din cap cu oarecare ezitare că a priceput și începu să coboare scările, tot întorcându-se pentru ca să-i mai arunce o privire. Lacrimile îi umpluseră ochii, iar Gabriel își dădu seama că fata înțelesese că el, unul, nu avea prea multe șanse pentru a se descurca în acea încurcătură.

CAPITOLUL ȘAPTE

Tehnicienii de la morgă scoseseră din cameră trupul băgat în sac, iar Magda împreună cu medicul legist îi urmă. Aceasta își aplecase capul spre bărbatul mai în vârstă și cei doi păreau să discute ceva cu mult interes. Cu toate acestea, vorbeau pe un ton scăzut, așa că Gabriel nu reuși să prindă nici măcar un cuvânt.

Când medicul legist o porni în jos pe scări, Magda se întoarse spre Gabriel.

—Va trebui să mai discutăm, spuse ea, iar Gabriel o aprobă cu o mișcare scurtă a capului. Mai întâi, ar trebui să împrumuți niște haine de la unul dintre oamenii tăi, gesticulă ea spre grupul de oameni care se adunase la picioarele scării.

Gabriel îi urmă gestul cu privirea și îl remarcă pe Andy, care patrula de colo colo, încleștându-și și descleștându-și pumnii. Nu l-ar fi uimit pe Gabriel să vadă lacrimi în ochii uriașului.

Alex fusese cel mai bun prieten al lui Andy. El îl adusese pe Andy în mijlocul echipei și Gabriel își aminti că cei doi bărbați se cunoșteau de peste zece ani și făceau parte din același cerc, în ciuda diferenței de vârstă dintre ei. Legătura dintre cei doi se întărise de-a lungul timpului.

—Mă îndoiesc că mi-ar da careva ceva, mormăi Gabriel, întorcându-și capul înapoi spre Magda. Presupun că ai putea alege niște pantaloni și un tricou din geanta mea. O să merg comando ca să nu te stresez cu alegerea lenjeriei de corp, rânji el cu malițiozitate.

În ciuda faptului că îl întâlnise doar în acea dimineață, Magda își dăduse seama deja că Gabriel alegea să arate acea mască grosolană ori de câte ori se simțea amenințat. Femeia își scutură capul și se întoarse în dormitor.

—Adrian, crezi că ai putea găsi o pereche de blugi sau alți pantaloni și un tricou în geanta aceea? Ceva ce ar putea purta deținătorul genții fără să obstrucționeze ancheta, umplu holul vocea ei muzicală.

—Cred că da, îi răspunse vocea unui bărbat. Nu cred că cineva a desfăcut fermoarul de la geanta asta înainte sau după crimă, remarcă el. Vezi urmele de sânge împroșcate aici? Nu se găsesc și în interior, cu excepția unei picături care s-a scurs printre zalele de fermoar.

După câteva minute, Magda se întoarse cu o pereche de pantaloni largi și un tricou. I le înmână lui Gabriel și apoi îl chemă pe Ștefan, cerându-i să aducă o pungă pentru colectarea probelor. Când Ștefan ieși din dormitorul lui Gabriel, femeia îi conduse pe amândoi în altă încăpere.

—Lasă-l să-și schimbe hainele și ia-le pe cele ce le poartă acum pentru probe, spuse ea, iar Ștefan dădu din cap.

El își flutură mâna pentru a-i da de înțeles lui Gabriel să intre în încăpere înaintea lui, iar apoi îl urmă.

—Voi fi jos pe terasă, strigă Magda după ei.

Ștefan dădu din mână în semn că a priceput, iar Gabriel se mulțumi numai să mormăie ceva neinteligibil.

Gabriel se dezbrăcă complet în fața polițistului, iar apoi întinse mâna pentru a lua pantalonii și îi trase pe el. Îi încheie și îmbrăcă tricoul, ochii lui urmărind acțiunile lui Ștefan.

Polițistul împacheta totul cu gesturi măsurate și precise, înfigând mai apoi hainele în punga pentru probe. După aceea, sigilă punga, sunetul făcut de acesta zgândărindu-i nervii lui Gabriel și făcându-i teama să crească.

Nu știa dacă ceva de pe hainele lui ar fi putut să-l indice pe el ca fiind criminalul și își ura neputința. Nu era capabil să facă nimic pentru a-și curăți numele.

—Hai să coborâm, spuse polițistul, iar ochii lui verzi se fixară pe chipul lui Gabriel. Magda nu are foarte multă răbdare în mod obișnuit și nu ți-ar place să o superi, îl sfătui el, fără nici o urmă de zâmbet pe buze.

Mai în vârstă cu câțiva ani decât Gabriel, bărbatul părea epitomul forței brute și a inflexibilității. Trăsăturile lui imobile, precum și nasul rupt anterior, vorbeau clar despre duritatea lui.

Și cu toate acestea, Gabriel ar fi preferat aparența lui dură în locul blândeței Magdei. Nu mai avea încredere în primele sale impresii despre femei și refuza să se mai lase luat de fraier încă o dată.

—Să o iau înainte? întrebă Gabriel pe un ton batjocoritor, iar una dintre sprâncenele lui Ștefan se arcui în sus.

În ciuda faptului că nu părea să aprecieze frivolitatea lui Gabriel, polițistul nici măcar nu se obosi să-i răspundă. Pur și simplu, privirea lui străpungătoare îl fixă pe mai tânărul bărbat, iar agitația interioară a lui Gabriel crescu.

—În regulă, văd că asta preferi, spuse el cu buza de sus răsfrântă, ridicând mai apoi din umeri ca și cum nu i-ar fi păsat de atitudinea polițistului.

Știa că omul nu putea pune mâna pe el. Și totuși, Gabriel se disprețui pe sine pentru că își dădea seama că, începând cu acea dimineață, își pierduse coloana vertebrală.

În ciuda acelui fapt, atitudinea polițistului nu lăsa loc la interpretare. Era clar că dacă el ar fi fost cel care ar fi condus acea anchetă, Gabriel ar fi fost deja arestat și aruncat după gratii.

Cutremurându-se din cauza fricii, Gabriel ieși din cameră și coborî scările, simțindu-se încolțit de pașii apăsați ai lui Ștefan care mai că tropăia pe treptele de lemn. Gabriel scrâșni din dinți și își strânse buzele cu hotărâre. Deja fusese înspăimântat mai mult decât ar fi crezut să fie posibil și, acum, refuza să se mai lase intimidat.

Păși pe terasă cu un pas vioi și se opri brusc atunci când observă că Magda îi punea întrebări Annei. Aceasta din urmă plângea de mama focului, iar scena îl enervă. Putea foarte bine să-și închipuie ce povești îi spunea Anna inspectoarei.

Timp de o clipă, ura îi umplu inima și ochii, iar Magda, care tocmai își ridicase privirea spre el, abia își reținu o tresărire observând izvorul de emoții negative din ochii lui Gabriel.

Polițista știa că acel gen de ură l-ar fi putut determina pe bărbat să își încovoaie degetele în jurul gâtului Annei și să o sugrume. Cu toate acestea, tânărul bărbat reuși să își ostoiască furia aproape instantaneu, iar ambra ochilor lui nu mai oglindi decât o indiferență totală și dezinteres.

—Să mă întorc mai târziu? întrebă el, deși îl simțea pe Ștefan în spatele lui, gata să-l împingă în față dacă ar fi dat vreun semn de retragere.

—Nu, nu este necesar, veni replica Magdei, spusă pe un ton rece.

După aceea, femeia se ridică cu mişcări încete, degetele ei întorcând, absente, o pagină din carnetul ei.

Buza superioară a lui Gabriel se încreţi, iar ochii lui îngustaţi sclipiră de sub genele arse de soare. Bărbatul înţelese gestul inspectoarei. Aceasta nu voia ca el să vadă notiţele pe care le făcuse.

—Eu şi Anna tocmai am terminat de discutat, îşi trecu Magda degetele cu blândeţe peste umărul femeii necăjite.

Anna sări din scaun, înţelegând că era momentul să plece. Îşi şterse lacrimile cu vârfurile degetelor şi, cu capul lăsat în jos, înghiţind în sec cu vinovăţie, se grăbi să treacă pe lângă Gabriel.

Ochii bărbatului se opriră pe creştetul capului ei pentru o clipă, pentru ca mai apoi să treacă peste mâinile pe care aceasta şi le încleştase în jurul mijlocului. Gabriel îşi scutură capul cu tristeţe. Niciodată nu o privise pe Anna cu ochii unui bărbat, dar, cu toate acestea, ţinea la ea în felul lui şi îl deranja să o vadă atât de supărată.

Un zâmbet vag apăru pe buzele Magdei, în ciuda faptului că îşi arcui una dintre sprâncene de uimire. Omul acela era o masă de contradicţii şi reprezenta o enigmă. Instinctul ei îi spunea că nu era Gabriel ucigaşul, dar cu toate acestea, ea tot trebuia să-şi facă datoria şi nu putea rezolva cazul doar folosindu-şi instinctul. Trebuia să găsească dovezi şi explicaţii care ar fi fost acceptate la tribunal.

Magda privi dincolo de Gabriel spre Ştefan şi observă că acesta se încruntase. Bărbatul părea să fi ajuns la propriile lui concluzii deja, iar acelea erau în completă opoziţie cu ale ei.

—Ştefan, sunt câţiva oameni adunaţi în bucătărie şi afară, în faţa cabanei. Poţi tu începe să îi audiezi, te rog?

Polițistul aprobă dând din cap, deși ochii îi trădau neplăcerea față de maniera în care femeia înțelegea să conducă ancheta. Fără să-i pese de părerea lui, Magda îi surâse.

Nu era prima dată că se întâmpla ca Magda și Ștefan să nu fie pe aceeași lungime de undă, iar femeia își imagină că de aceea și fuseseră numiți în aceeași echipă. Fiind atât de diferiți unul de celălalt, nu ar fi trecut cu vederea absolut nimic. Unul dintre ei ar fi văzut cu siguranță dacă celuilalt i-ar fi scăpat ceva.

După ce Ștefan părăsi terasa, Magda îl invită pe Gabriel să ia loc și să îi răspundă la întrebări. Polițista observă că acesta își freca stomacul absent și îl întrebă:

—Ți-e foame? Presupun că nu ai luat micul dejun astăzi și e deja trecut de amiază.

El își flutură mâna cu indiferență.

—Nu-ți fă griji. Probabil voi lua ceva să mănânc după ce termini cu audierea mea. Merg în oraș pentru o oră sau puțin mai mult, evident dacă nu mă arestezi între timp. Dacă mă arestezi, atunci cred că am ghinion. Îmi imaginez că s-a terminat deja masa de prânz la închisoare, încercă el să glumească, dar după tonul vocii, nu prea părea să fie prea încrezător în soarta lui.

—Cred că putem renunța la arestarea ta pe moment, veni replica ei. Nu mă plimb prin jur arestând oamenii fără să am dovezi imbatabile, îl informă Magda pe un ton sec.

—Înseamnă că atunci tot mai am noroc, murmură Gabriel, întinzându-și picioarele în fața lui și proptindu-și coatele pe masă. Deci întreabă, își flutură el degetele.

—Nu încape nici un fel de îndoială că o cunoșteai și pe a doua victimă, observă ea.

—Nu, nu e nici o îndoială. Alex a început să lucreze în echipa mea cam acum doi ani. Și era bun, chiar al naibii de bun, dacă vrei să știi, îi spuse el, tristețea strecurându-i-se în voce.

—Erați prieteni, trase inspectoarea concluzia, observând lacrimile ce i se adunaseră bărbatului în ochi.

—Nu în ultima vreme, își scutură el capul cu regret. Dar am fost mai înainte ca totul să înceapă să o ia la vale.

—Mi s-a spus că v-ați certat acum două zile, testă Magda apele, aplecându-și capul pe o parte.

—Văd că Anna a fost foarte ocupată să îți spună povești, mustăci el, iar fruntea i se încreți. Da, ne-am ciondănit acum două zile. De fapt, în ultima vreme, ne-am tot certat. Chiar e necesar să trecem prin toate acestea? Doar ți-am spus deja cum stau lucrurile cu echipa mea, tună el. Nu l-am ucis pe Alex și nu am ucis-o pe Mia, lovi el cu pumnul în masă, sătul să tot ocolească problema tiptil.

—Nu știu încă asta, îi răspunse Magda, fără să îi pese de mânia lui. Va trebui să mă ajuți să ajung la această concluzie, sublinie ea, privindu-l drept în ochii tulburați.

—Ascultă aici, începu el pe un ton ridicat, dar mai apoi își închise ochii câteva clipe, își strânse buzele și abia apoi continuă cu hotărâre. Am avut probleme cu fiecare om din echipă. Știu că Mia a făcut plângere la resursele umane. Ți-am spus deja despre asta.

Magda dădu din cap pentru a-și exprima acordul, dar nu spuse nimic, fiind prea ocupată să judece agitația emoțională a bărbatului din fața ei.

—Probabil că ai aflat deja că și Alex a făcut plângere împotriva mea. Pentru incorectitudine sau ceva de acest gen, cred. Și plângerea aceasta ar fi trebuit discutată săptămâna viitoare. Dar hai să fim onești, da, își deschise el brațele larg, lăsându-se pe spate în scaun. Câți oameni încep să-și ucidă colegii pentru că aceștia au făcut o plângere la resurse umane?

—Ei bine, depinde de tipul de plângere, ridică Magda din umeri. Aș spune că o plângere despre hărțuire sexuală ar putea duce la crimă, considerând ce s-a petrecut între tine și Mia, lovi ea cu pixul în coperta carnetului ei.

—Bine, să spunem asta. Dar, plângerea lui Alex nu ar fi trebuit să ducă la crimă. Haide, vezi și tu că este un motiv anemic, iar eu nu sunt atât de idiot, argumentă el, fruntea încrețindu-i-se și mai mult.

-Nu te cunosc așa că nu știu ce te face să reacționezi, îl contrazise Magda. Pot doar să judec ceea ce am în fața ochilor, ridică ea un umăr, trecându-și mai apoi limba peste buza de jos.

Gabriel urmări vârful limbii ei cu atenție, fascinat de felul în care aceasta umezea buza plină. Când femeia își prinse buza superioară între dinți preț de câteva clipe, bărbatul își scutură capul ca să-și limplezească mintea. În fond, trebuia să se gândească la lucruri mai serioase decât la cât de delicioasă arăta gura polițistei.

—Bun, nu știi și trebuie să decizi luând în calcul ceea ce vezi. Mă întreb însă de ce nu vezi că te poți uita la această istorie dintr-un unghi diferit, spuse el pe un ton certăreț.

—Luminează-mă, spuse ea pe un ton rece, potrivit pentru afaceri.

—Tocmai au murit doi oameni cu care aveam probleme. Cineva i-a ucis, ba chiar într-o manieră oribilă. Nu ar trebui ca acest lucru să demonstreze că cineva care are ceva împotriva mea vrea să plătesc eu pentru fapta lui?

—Mi-a trecut prin minte așa ceva, răspunse ea cu blândețe. Dar asta nu înseamnă că nu te suspectez și pe tine. Cu câți dintre oamenii care se găsesc în aceste două vile te-ai certat?

El râse fără nici un fel veselie și își scutură capul, privind pe deasupra creștetului capului ei înspre orizont. Abia după câteva momente, ochii i se întoarseră la ea.

—Cu toți? răspunse el pe un ton ușor întrebător.

—Deci, dacă teoria ta este corectă, oricare dintre ei ar putea fi următoarea victimă, dar în același timp, și ucigașul pe care îl căutăm, spuse ea, privindu-l pătrunzător.

Gabriel se gândi câteva secunde, iar apoi aprobă dând din cap.

—Mda, cred că ai dreptate. Cum ne asigurăm că nimeni altcineva nu moare? întrebă Gabriel, iar duritatea din tonul lui o surprinse pe Magda.

Îl studie îndelung, iar bărbatul avu senzația că se afla pe masa de disecție de un secol și trebui să facă un mare efort ca să nu se foiască sub ochii ei și să îi susțină privirea.

—Ai putea să te muți de aici, spuse ea după o vreme. Desigur, nu poți să te întorci acasă. Trebuie să rămâi aici, în oraș, pe moment, pentru cel puțin o zi sau două, sublinie ea.

—Bine, voi căuta o cameră în altă parte. Am văzut mai multe pensiuni prin jur. Cum rămâne cu echipa mea? Nu ar trebui să se întoarcă acasă? se interesă el.

Polițista își scutură capul de îndată.

—Nu, nu chiar acum. Dacă spui adevărul și nu ești tu ucigașul, unul dintre ei este. Nu pot să-i las să plece chiar acum.

—Destul de corect, mormăi el. Presupun că nu îmi pot lua lucrurile, spuse el. Cu toate acestea, voi avea nevoie de actele de identitate și de bani pentru a merge în altă parte, explică el.

—Da, vei avea nevoie. Îl voi trimite pe Ştefan să ţi le aducă.

Gabriel se îndreptă spre uşile franţuzeşti, dar se întoarse spre Magda după câţiva paşi. Observă întrebarea din ochii ei şi îşi scutură capul.

—Voiam doar să spun, începu el, dar mai apoi se opri, îşi petrecu limba peste buze şi privi pe deasupra capului ei pentru câteva secunde, încleştându-şi pumnul drept. Ei bine, poţi să-l scoţi pe Andy din ecuaţie, continuă el într-un final.

Magda îşi arcui sprâncenele, privindu-l întrebător.

Gabriel respiră profund, iar apoi îşi continuă explicaţia:

—Legătura lui Andy cu Alex a fost extrem de puternică. Ai putea spune că nimic nu ar fi putut-o rupe. Andy nu l-ar fi ucis pe Alex, îşi scutură el capul. Iar Anna, mă îndoiesc că ar fi capabilă de aşa ceva... să ucidă vreau să spun.

Magda îşi strânse buzele şi îl privi gânditoare. Mai apoi, dădu din cap:

—Voi lua cuvintele tale în considerare. Dar tu nu ştii câţi oameni îi ucid pe cei pe care-i iubesc şi câţi oameni incapabili să ucidă o muscă, ar ucide pe careva doar pentru că li s-a căşunat, îi spuse ea în loc de *la revedere*.

CAPITOLUL OPT

Gabriel se tolănise într-un scaun de grădină de pe micuța terasă a pensiunii unde își găsise o cameră cu o zi în urmă după ce își lăsase oamenii în mâinile poliției. În fond, nu avusese nici un fel de alegere, așa că, indiferent, ridică din umeri.

Sorbea dintr-o cafea care era atât de tare încât până și părul de la ceafă i se ridicase în sus. Din cauza sprâncenelor adunate deasupra ochilor, părea încruntat tot timpul, iar colțurile gurii lui trăgeau în jos.

Umbrele adânci de sub ochi arătau că nu se bucurase de prea mult somn în noaptea precedentă, așa că îi acoperise cu ochelari de soare cu lentile întunecate.

Se strâmbă când își aminti că nu dormise mai mult de patru ore pe noapte în ultima vreme și se întrebă cam cât de mult timp va putea continua cu atât de puțin somn. Nu prea mult, cu siguranță. Deja extenuarea i se strecura pe sub piele.

Dispoziția îi era la fel de neagră ca și cafeaua din ceașca lui, dar Gabriel, bătând darabana pe masa pătrată acoperită cu o față de masă cu roșu și galben, tot încerca să înțeleagă care era rațiunea pentru ceea ce li se întâmplase Miei și lui Alex.

Nu ar fi trebuit să-i pese de Mia, dar cu toate acestea îi păsa. În ciuda personalității ei nu prea strălucite, aceasta fusese o ființă umană, ba chiar o fată foarte tânără. Ar fi trebuit să aibă viața în fața ei, indiferent de cum ar fi ales să o trăiască.

Moartea Miei îl întrista. Cea a lui Alex îi rupea inima. Bărbatul fusese unul dintre oamenii cu cel mai mult bun simț din lume. Inima lui mare nu accepta nici un fel de nimcnicie, iar el nu cunoștea defel sensul urei.

Întotdeauna, Gabriel avusese grijă să își oprească lacrimile, indiferent de ce i-ar fi aruncat viața în față. Cu toate acestea, în timpul nopții de dinainte, îl jelise pe Alex. Omul merita mult și avusese parte de prea puțin în scurta lui existență.

În solitudinea camerei lui, Gabriel jelise moartea lui Alex, fără a avea defel impresia că plânsul i-ar fi diminuat ceva din bărbăția lui. Lacrimile îi limpeziseră gândurile lui și îl ajutaseră să ia niște hotărâri pe care altfel, poate, nu le-ar fi luat niciodată.

După tot ce se întâmplase, mai ales că suferea profund, Gabriel ar fi preferat să-și vâre capul în nisip și să uite de toate, dar, în ciuda acelei porniri, tot încercase să îl contacteze pe Adam de mai multe ori în după-masa precedentă, pentru a-l informa despre cele întâmplate.

Nu avea cum să o dea cotită. Probabil că nu fusese el cine știe ce lider de echipă în ultima vreme, iar el era primul care ar fi recunoscut acel lucru, dar, nu putea să își țină gura închisă și să-l lase pe Adam să afle veștile de la altcineva.

Adam, însă, nu îl sunase înapoi. Gabriel știa că era posibil ca omul să fi fost prins în ședințe toată ziua și să nu-și fi terminat treburile decât noaptea foarte târziu. În fond, Adam avea niște noțiuni mai ciudate în ceea ce privea scopul sfârșitului de săptămână.

TEAM BUILDING CU PONOASE

Până la urmă, enervat că nu i se răspundea la apeluri, Gabriel lăsase un mesaj criptic în căsuța vocală a lui Adam, iar acum aștepta să fie sunat înapoi. În mod obișnuit, Adam nu-și lăsa munca la o parte nici măcar duminica, așa că Gabriel nu credea că va avea de așteptat prea mult timp.

În timp ce tot pritocea aceleași idei în minte și analiza fiecare aspect al situației, privirea lui Gabriel se opri asupra unei femei tinere solide care străbătea terasa. Aceasta căra o tavă plină vârf cu alegerile lui pentru micul dejun. Fusese atât de tipicar cu comanda pe care a dat-o că ospătărița, care îl privea uluită, abia reușise să o noteze pe hârtie.

Aparent, oamenii nu dovedeau un apetit atât de uriaș precum al lui la prima oră dimineața. Gabriel, însă, avusese suficient timp la dispoziție pentru a-și dezvolta apetitul.

Dispoziția i se îmbunătăți brusc, așa că bărbatul se îndreptă în scaun, iar un zâmbet i se întinse pe chip când mirosul de bacon prăjit îi gâdilă nările. Era flămând cu adevărat pentru că nu mâncase mai nimic în ziua precedentă.

Stomacul i se revoltase la mirosul mâncării, așa că nu îndrăznise să înghită mai mult de câteva îmbucături în timpul mesei de prânz pe care a luat-o destul de târziu. Chiar și așa, pierduse aproape tot ce mâncase când după aceea i se făcuse rău, dar fusese mulțumit că măcar reușise să ajungă până la baie.

După aceea, îngrijorat că nu putea păstra nimic în stomac, după cum deja aflase cu surprindere la prânz, Gabriel a decis să sară peste cină. În schimb, a rătăcit prin jur orășel preț de câteva ore, în speranța că va putea să uite pentru o vreme de cea mai întunecată zi din viața lui. Din păcate, nici acel plan nu a funcționat nemaipomenit pentru că imaginile îi rămăseseră înregistrate pe retină.

Gabriel își exprimă gratitudinea pentru efortul chelneriței cu un zâmbet de băiețandru, care însă nu îi atinse și ochii acoperiți de ochelarii de soare. Cu toate acestea, își imagină că femeia oricum nu-i putea vedea privirea așa că nu avea de ce să se supere.

O complimentă pe chelneriță atât de aferat încât aceasta se înroși violent. Cuvintele lui o flatară, dar o și intimidară într-atât de mult încât aceasta aproape că răsturnă platoul vârfuit cu bacon, ouă și cârnați.

Ochii lui Gabriel se întunecară în spatele lentilelor ce îi ascundeau privirea, iar bărbatul tăcu. Își regreta deja efuziunile și se temea că nu va avea șansa să își înfigă dinții în carnea aceea suculentă, care încă mai sfârâia pe platou.

După ce se ocupă cu aranjarea diverselor farfurii pe masă în fața lui, femeia îl lăsă pe Gabriel singur cu micul lui dejun și se întoarse la bucătărie. În drumul ei, tot își mai întoarse ochii spre el din când în când, pentru a se holba la elși își scutura mai apoi capul cu uimire.

Gabriel nu irosi nici măcar o aruncătură de ochi spre ea, ci, pur și simplu, atacă ouălele și baconul, împingând la o parte cu un gest grăbit cafeaua deja răcită. În tot acest timp stomacul îi plângea de bucurie la priveliștea oferită de muntele de mâncare din fața lui.

Când femeia se întoarse și se oferi să îi mai umple o dată cana de cafea, el o aprobă dând din cap cu sârg. În fond, deja trecuse prin jumătate din mâncarea din fața lui. Nările îi fremătară la mirosul cafelei proaspat preparată și omul trase adânc aer în piept.

Cu un surâs de mulțumire pe buzele ei, chelnerița îi umplu ceașca cu vârf, iar mai apoi, cu o scuturare ușoară din cap, plecă din nou, luând cu ea și gândul că nu avusese niciodată ocazia să vadă pe cineva atât de flămând cum era acel client nou al lor.

Deși era încântat că i se reîmprospătase porția de cafea, Gabriel nu se opri din mestecat, ci continuă să își înfigă mâncarea în gură de parcă nu ar mai fi mâncat de zile întregi. Papilele sale gustative fremătau, iar carnea suculentă îi făcea să îi plouă în gură.

Lui Gabriel îi surâdeau gustul și texturile, dar știa și că avea nevoie să își ajute neuronii să funcționeze la parametrii optimi pentru a putea găsi o soluție ca să iasă din acea situație întunecată. Știa că hrana îl va ajuta la fel de mult ca și cafeaua.

Întotdeauna îi plăcuse să facă totul el însuși atunci când avea nevoie de ceva, așa că nu se baza pe nimeni altcineva să îi ofere suport. Pentru el, regulile erau extrem de importante, așa că se gândea să le respecte în continuare.

Chiar dacă polițista părea destul de corectă, să-și lase soarta în mâinile altcuiva contravenea tuturor principiilor lui Gabriel. În afara de aceasta, nu-i era prea ușor să aibă o crimă legată de numele său, iar două deja flirtau cu dezastrul și cu ridicolul în același timp.

Abia își terminase Gabriel micul dejun și își aprinsese o țigară pentru a-și savura cafeaua proaspătă, când se auzi soneria telefonului său mobil. Își aruncă privirea sprea ecranul telefonului și observă că, în sfârșit, Adam se hotărâse să își verifice mesajele.

—Ei, bună, Adam, își salută Gabriel șeful pe un ton grav.

—Vocea ta nu prea sună cum ar trebui pentru un individ care se bucură de câteva zile la munte, care, apropo, sunt întru totul plătite de către companie, îi răspunse Adam. Ce nu e în regulă?

Gabriel râse fără nici un pic de umor și mai trase un fum din țigarea sa. După aceea, expiră fumul din plămânii săi deja osteniți și spuse:

—Poate că mi-ar fi mai ușor să îți spun ce mai este încă în regulă.

—Omule, nu credeam că vei reuși să rasolești activitatea de team-building, răspunse Adam pe un ton aspru, iar Gabriel mai că văzu lucirea metalică din ochii duri ai acestuia, precum și felul în care acesta își scutura capul din cauza dezamăgirii.

—A trecut dincolo de a fi rasolită, admise Gabriel plin de regret.

—Cum așa? Ce vrei să spui? îl întrebă Adam cu o voce fermă, iar Gabriel simți teama copleșindu-l.

—Păi, dacă ți-aș spune că deja am pierdut doi din echipă...

—Unde i-ai pierdut? îl întrerupse Adam cu nerăbdare, iar Gabriel începu să numere în gând pentru a-și păstra calmul. I-ai pierdut pe munte? Cum naiba ai putut face așa ceva? țipă el.

Gabriel se strîmbă, temându-se că auzul lui nu va supraviețui acelei conversații. Plămânii lui Adam erau în stare foarte bună, iar omul nu se dădea înapoi când venea vorba să-i folosească.

—Era datoria ta să te asiguri că toată lumea se întoarce acasă într-o singură bucată, sublinie Adam, deja furios din cauza lui Gabriel acum. Ai chemat salvamontul? Sau probabil ai așteptat să o fac eu în locul tău? ridică el vocea, ceea ce arăta că omul și-a pierdut complet răbdarea.

Acel lucru, în fapt, era ceva rar întâlnit la Adam. Gabriel nu reuși să-și aducă aminte să se fi întâmplat ceva asemănător mai mult decât o dată în trecut, atunci când un individ a spart efectiv una din ușile laterale după ce a fost concediat. Gabriel chiar sperase să nu mai aibă ocazia să îl vadă pe Adam într-atât de furios. *Eh, asta e....*

—Adam, lasă-mă să vorbesc și ascultă ce-ți spun. Nu e vorba să fie salvați de undeva de pe munte, încercă Gabriel să preia controlul conversației din nou.

Cu toate acestea, se părea că intențiile lui Adam nu prea coincideau cu ale lui. Acesta nu voia să îl asculte deloc, ba chiar refuză să îl lase să explice ce se întâmplase.

—Dar despre ce este vorba? Doar nu au căzut din tren, nu-i așa? întrebă el, cuvintele lui mustind de sarcasm. Aș fi auzit de așa ceva la știri dacă s-ar fi întâmplat, trase el concluzia corectă.

—Lucrurile stau mult mai rău decât atât, interveni Gabriel.

—Ce naiba ar putea fi mai rău decât așa ceva? întrebă Adam, deja exasperat.

Gabriel trase adânc aer în piept din nou, iar mai apoi înghiți o gură mare de cafea, arzându-și limba. După aceea, ridică din umeri și își strânse mâna în pumn pentru a nu țipa de durere, încercând să ignore mânia și exasperarea lui Adam.

—Au murit, ai priceput? se răsti Gabriel mai apoi.

Nu știa cum să-i spună altfel, așa că alese să fie cât mai direct posibil.

—Cum naiba au murit? aproape că strigă Adam, iar uluirea lui se simți clar pe linia telefonică.

Gabriel își dădu ochii peste cap, chiar dacă simți o durere acută în abdomen. Anxietatea îi strânse inima în pumn și îi obstrucționă respirația.

—Cineva i-a ucis, Adam, spuse Gabriel pe un ton sec, sătul de întreruperile constante ale lui Adam.

Dacă ar fi continuat conversația în acel fel, probabil că ar fi terminat-o după vreun an, iar Gabriel își dăduse seama că nu avea răbdarea necesară să continue. În fond, nici măcar nu știa dacă mai avea la dispoziție un alt an.

—Cine i-a ucis? se auzi vocea obosită a directorului lui.

Se părea că bărbatul încerca să își controleze șocul, dar nu prea avea cine știe ce succes.

Gabriel era conșitent că veștile erau prea dure pentru a fi ușor asimilate. Nimeni nu s-ar fi așteptat la așa noutăți atunci când oamenii plecau pentru o excursie banală de team-building. Și lui i-ar fi venit greu să creadă ce s-a întâmplat dacă nu ar fi fost la locul faptei.

—Nu știu. Nici poliția nu știe, deși...

—Deși ce? lătră Adam, aparent incapabil să își țină gura închisă până ce ar fi obținut toate detaliile.

Gabriel se strâmbă și se uită fix la telefon cu dezgust.

—Aparent, vor să creadă că eu aș fi ucigașul, decise Gabriel să fie cât mai onest posibil pentru că bănuia că, până la urmă, cineva tot i-ar fi spus acel lucru lui Adam.

—Măi, omule. De ce i-ai fi ucis? O excursie de team-building nu este o chestie pe viață și moarte. Și până la urmă cine a murit?

—Păi, mai întâi, am găsit trupul Miei, explică Gabriel, închizându-și ochii, vizualizând ce îi trecea lui Adam prin minte auzindu-i cuvintele.

Urmă o pauză în conversație, iar Gabriel rânji, imaginându-și rotițele care se învârteau în capul lui Adam.

—Înțeleg, spuse Adam abia șoptit. Nu pot spune că mi se pare imposibil să te văd în postura de ucigaș al Miei.

—Oh, mulțumesc, Adam, replică Gabriel pe un ton sarcastic. Nu uita să-i spui și poliției chestia asta, își aminti el să adauge.

În același timp, simți un junghi în inimă, ca urmare a sentimentului vag de dezamăgire și vulnerabilitate pe care îl încerca.

—Probabil că și vor da și o petrecere pentru tine, de fericire că au și mai multe dovezi împotriva mea.

Niciodată nu reușise Gabriel să accepte dezamăgirea produsă de alte persoane, dar acum îi era și mai greu pentru că nu se așteptase niciodată ca Adam să-l vândă fără să ezite nici măcar o clipă.

—Cine altcineva a mai murit? întrebă Adam, trecând peste cuvintele lui Gabriel, considerându-le neimportante.

Oricum, nu avea nici cea mai mică intenție să-și exprime propria opinie în fața poliției. Adam considera că fiecare trebuia să-și facă propria slujbă. Să arate cu degetul spre unul dintre angajații săi nu intra în descrierea postului său.

—Alex, replică Gabriel pe un ton sec.

Amărăciunea îi persistă pe limbă când pronunță numele bărbatului pentru că tot nu putea să accepte uciderea aparent inutilă a lui Alex.

Bărbatul niciodată nu făcuse niciun rău nimănui, ba chiar ajutase pe toată lumea cât de mult putuse și chiar pe propria cheltuială. Un om mai cumsecade nici nu călcase pe pământ vreodată, iar acum, nici nu va mai călca.

—Am înțeles. Cel puțin nu te văd pe tine ucigându-l pe Alex, spuse Adam fără nici un fel de ezitare.

—Îți mulțumesc pentru votul de încredere, răspunse Gabriel ironic, departe de a fi mulțumit de șeful său.

—Este un vot de încredere, nu o negă Adam. Oricum, ce se întâmplă acum? Ce va face poliția?

—Poliția anchetează, evident, îi răspunse Gabriel pe un ton obosit.

După aceea, își frecă rădăcina nasului cu degetele, simțindu-se mort de oboseală.

—Am fost invitat să mă mut de la vilă, așa că, de fapt, compania nu mai plătește pentru șederea mea acolo, ca să știi, spuse el, simțind o plăcere răutăcioasă să sublinieze acel fapt.

Îi displăcuse profund alegația de mai devreme a lui Adam, așa că se simțea mult mai bine că avea ocazia să i-o plătească. Adam încercă să spună ceva, dar Gabriel nu mai avea de gând să permită alte întreruperi.

—A trebuit să investesc și în haine, ca să știi. Poliția a confiscat to ce aveam. Drept probe, continuă el cu sarcasm în voce.

—Ce poți să îmi spui despre ceilalți? se interesă Adam, trecând peste vorbele lui Gabriel.

Nu îi păsa deloc de cheltuielile lui Gabriel în acel moment. Angajații lui picau ca muștele și, aparent, nimeni nu putea găsi o explicație rațională pentru acel fenomen.

—Probabil că sunt încă acolo, replică Gabriel, ridicând din umeri. Nu am de unde să știu. Am fost sfătuit să încetez orice comunicare cu toți cei din echipă și asta am și făcut. Le-am respectat sfatul, dădu el din umeri din nou, sarcasmul lui picurând pe linia telefonică.

—Dar tu ești cel ce conduce echipa, omule, îl contrazise Adam. Chiar dacă poliția spune că nu mai ai nici o legătură cu oamenii noștri, tu tot trebuie să ai grijă să le fie bine, sublinie el.

—Nu mai am de ce, replică Gabriel pe un ton liniștit. Dacă îți verifici emailurile, Adam, vei vedea că mi-am dat deja demisia, cu efect imediat. Cum tot nu îmi pot face treaba deloc, nu am crezut că te-ai aștepta la un preaviz din partea mea.

Gabriel își udă gura cu un pic de suc de portocale, în același timp întorcându-și capul spre stânga și privind spre culmile munților. Peisajul îi calmă bătăile inimii și îi mai alungă din oboseală.

—Știu că anunțul vine prea din scurt, dar presupun că este mai bine așa, spuse el după câteva clipe, atunci când șeful lui nu se obosi să rupă tăcerea.

—Înțeleg, șopti Adam, iar uimirea îi răsună în voce.

—Atunci totul e bine, spuse Gabriel pe un ton vesel forțat. Te voi anunța dacă aflu ceva. Dacă nu te anunț eu, probabil că poliția te va contacta, specifică el.

—Voi aștepta să mă suni. Îmi voi ține telefonul cu mine tot timpul. Acesta nu e un lucru pe care îl putem ascunde, Gabriel, îl avertiză Adam, iar apoi deconectă apelul.

—Ca și cum nu mi-aș fi dat singur seama de asta, se încruntă Gabriel privind ecranul pâlpâitor, iar apoi cu un gest furios, aruncă telefonul mobil pe masă și își luă iar ceașca de cafea.

O duse la buze, dar privirea i se opri pe silueta grațioasă a Magdei, așa că nu avu șansa de a sorbi din cafeaua încă fierbinte. Tânăra femeie tocmai ieșise din vilă și se îndrepta cu pași leneși spre el. Fiecare pas era însoțit de sunetul înfundat al tocurilor sandalelor, care loveau ritmic dalele de pe terasă.

CAPITOLUL NOUĂ

Trupul lui Gabriel avu reacția unui cablu sub tensiune când acesta dădu cu ochii de Magda. Șocurile electrice îi fulgerară extremitățile, făcându-le să zvâcnească, iar din cauza surprizei, lichidul fierbinte țâșnii din cană. Contactul pielii cu lichidul fierbinte îl cutremură. Gabriel șuieră din cauza arsurii, iar apoi începu să înjure în surdină.

Nu putea pricepe de ce era urmărit numai de probleme în ultima vreme. Citise și el despre ce însemna să ai o karma rea și respecta conceptul ca atare, dar ultimele evenimente chiar depășeau orice așteptare.

Oricine avea dreptul să i se mai ierte câte ceva, nu-i așa? În acele zile, el chiar avea nevoie să i se mai dea și o pauză de la necazuri, dar, aparent, providența nu părea deloc înclinată să i-o ofere.

Acele ultime luni, pur și simplu, îl storseseră de putere și speranță, iar optimismul lui idiot era literalmente incapabil să-și revină la normal după fiecare lovitură pe care o primea.

Gabriel se grăbi să ia un șervet și să își șteargă pielea opărită, chiar dacă acțiunea venea prea târziu pentru a-l mai ajuta cu ceva. Își studie dosul mâinii și se încruntă, știind că, înainte de venirea serii, petele acelea roșii și ușor inflamate se vor transforma în bășici pline de lichid. Din nou, își blestemă lipsa de control asupra propriei soarte și asupra propriilor acțiuni.

Bărbatul văzuse destule femei frumoase în trecut. Unele dintre ele fuseseră chiar mai atrăgătoare decât tânăra pe care o avea în fața ochilor. Era posibil ca ea să fi părut mai fascinantă decât multe dintre ele, dar aceasta nu însemna și că trebuia el să se transforme într-un idiot de fiecare dată când îi cădeau ochii pe ea.

Într-o manieră discretă, își verifică tricoul alb să vadă dacă și l-a pătat și mormăi furios, observând cu necaz stropiturile de pe tricoul care, doar câteva clipe mai devreme arătase impecabil. Îl cumpărase doar cuo zi înainte și atunci era prima dată când îl purta.

Șterse cu grijă petele de pe tricou cu șervetul, chiar dacă nu își făcea niciun fel de iluzii că ar fi reușit să le curețe. Știa de asemenea că reacția sa instinctivă la vederea tinerei femei nu trecuse neobservată.

Inspectoarea deja văzuse tot ce se întâmplase. Abia ieșise din micul restaurant, iar ochii ei se îndreptaseră spre el aproape imediat. Gabriel se întrebă dacă femeia avea ceva similar unui radar în creier pentru că privirea ei îl găsise fără cea mai mică ezitare.

În timp ce ea se îndrepta spre el, bărbatul nu își putu luă ochii de la ea, așa își dădu imediat seama că inspectoarea îi urmărea cu mare atenție gesturile grăbite. O lumină jucăușă lucea în ochii migdalați care nu îl slăbiră nici o clipă, iar amuzamentul tăcut curbă buzele pline care îl obsedaseră pe Gabriel de când se întâlnise cu polițista prima dată.

Fiecare fibră din trupul lui implora să i se dea şansa să o guste, chiar dacă omul era conştient că gândurile sale nu ar fi trebuit să o ia în acea direcţie.

Pielea ei lucea sub soarele de dimineaţă, iar femeia arăta atât de proaspătă şi al naibii de tânără că inima lui începu să cânte. Bărbatul amuţi nemilos cântecul din inima sa trădătoare, dar tot nu reuşi să îşi ia ochii de pe silueta Magdei. Aceasta lăsa impresia că se simţea ca acasă pe terasa aşternută cu dale. Împrejurimile şi terasa mărginită de ghivece pline de flori colorate şi vesele, i se potriveau de minune.

Gabriel îi observă surâsul amuzat, dar nu putu să comenteze. Oricine ar fi râs de el. Comportamentul lui adolescentin amintea de un puştan care fie a mâncat prea multe dulciuri, fie a intrat în panică pentru că a dat pe neaşteptate peste iubirea lui secretă, cea mai frumoasă fată din şcoală, care nici măcar nu se obosea să îi observe existenţa.

—Am crezut că am lăsat chestiile astea în trecut cu mult, mult timp în urmă, mormăi el cu iritare. Asta dovedeşte că sunt un idiot şi mai mare decât aş fi crezut.

Gabriel ignoră zâmbetul femeii şi o măsură de sus şi până jos. Se simţea în siguranţă pentru că lentilele întunecate ale ochelarilor săi de soare îi ascundeau privirile.

Magda îşi adunase într-o coadă părul des şi întunecat, iar ochii lui poposiră pe şuviţele care se balansau la fiecare pas. Gabriel se întrebă cum s-ar fi simţit dacă i s-ar fi oferit şansa să-şi treacă degetele printre şuviţele fine, iar, în răspuns, abdomenul i se făcu ghem din cauza încordării.

Simţindu-şi obrajii inundaţi de sânge, bărbatul îşi încleştă mâna într-un pumn strâns şi încercă să se concentreze pe altceva, agăţându-se de iluzia că totuşi avea un oarecare control asupra situaţiei.

De umărul Magdei, atârna cureaua unei genţi mici şi funcţionale, iar degetele femeii se curbaseră absente în jurul ei. Gabriel observă un pix ridicol prins de laterala poşetei, iar buzele lui tresăriră cu amuzament neascuns. Era clar că femeii îi plăceau pixurile. Mereu avea unul, fie în mână, fie undeva la îndemână, aproape de degete.

O pereche de blugi bine purtaţi acoperea şoldurile ei înguste, care se legănau imperceptibil la fiecare pas. Pupilele lui Gabriel se dilatară uşor, iar vârful limbii îi şerpui rapid peste buzele brusc uscate.

Privirea sa cutreieră silueta subţire a Magdei, acoperită de un tricou însorit galben care îi ajungea până la şolduri. Bărbatul se holbă la decolteul adânc în formă de V, mulţumind cerului că femeia nu îşi putea da seama că ochii lui zăboveau pe anumite puncte cheie ale trupului ei. Era convins că, în caz contrar, nu i-ar fi fost prea uşor cu ea după aceea.

Ochii lui coborâră asupra lacului galben strălucitor de pe unghiile ce se iveau din nişte sandale albe uşoare şi febra i se răspândi prin trup, în ciuda brizei răcoroase a dimineţii.

O clipă mai târziu, fruntea lui Gabriel se încreţi. Nu cu mult timp în urmă, îşi promisese să nu îi mai permită nici unei femei să îi atingă sufletul sau mintea, iar acum se găsea prins în acelaşi model.

—Nu te înveţi deloc minte, idiot în călduri, mormăi el pentru sine, furios pe el însuşi, şi astfel reuşi să-şi înăbuşe atât durerea provocată de opărire, cât şi impulsurile pe care le resimţea vizavi de Magda.

Bărbatul aruncă şervetul înapoi pe masă şi, de data aceasta, îşi ridică ceaşca de cafea la gură cu o mână sigură, fără nici un fel de accidente. Pur şi simplu, îşi sorbi toată cafeaua încă înainte ca Magda să fi ajuns la masa lui.

Bărbatul nu se obosi să se ridice când aceasta se opri lângă masa lui, ci, cu un semn, îi indică să ia un loc. Femeia îşi arcui o sprânceană, iritată un pic de impoliteţea lui vădită, dar după o clipă ridică din umeri cu indiferenţă, alese un scaun vizavi de el şi se aşeză.

Se priviră unul pe celălalt pentru câteva momente, iar mai apoi Magda se aplecă peste masă şi îi smulse ochelarii de pe nas cu o mişcare rapidă.

—Hei, sunt ai mei, protestă el şi se întinse furios peste masă ca să îşi ia ochelarii înapoi, deşi reacţia lui îi aduse aminte de ceva similar întâmplat în şcoala gimnazială.

—Am spus eu cumva alceva? îl întrebă ea pe un ton dispreţuitor. Nu am făcut decât să-i înlătur pentru că prefer să văd ochii oamenilor cu care vorbesc, ridică ea din umeri din nou, lăsându-se pe spate în scaun.

—Poate că nu am chef să te las să-mi vezi ochii, răspunse el cu supărare în voce, în acelaşi timp simţindu-se copilăros şi meschin, în ciuda faptului că era incapabil să-şi controleze impulsurile.

—Nu ar fi o mişcare prea inteligentă din partea ta dacă nu vrei să gândesc ce e mai rău în legătură cu tine, îşi scutură ea capul, deşi un surâs îi apăru în colţul gurii.

—Oricum tot vei gândi doar ce vrei, ridică şi el din umeri, dar aruncă ochelarii de soare pe masă cu o mişcare neglijentă.

—Evident că voi gândi, acceptă ea dând din cap. În fond, este prerogativul meu, spuse ea cu amuzament vădit. Ar trebui să pui nişte unt pe arsurile acelea, arătă ea cu bărbia spre petele roşii de pe mâna lui. Nu vei face băşici dacă le ungi, îl informă ea, dând din cap.

—Pe bune? Sau vrei te amuzi pe seama mea? o întrebă Gabriel cu ezitare, nesigur dacă ar fi fost cazul să întindă unt pe dosul mâinii, ceea ce i se părea cam ciudat.

—De ce m-aş amuza pe seama ta? ridică femeia un umăr interogativ. Nu e ca şi cum aş avea ceva de câştigat dacă m-aş amuza pe seama ta, observă ea pe un ton egal.

Cu ochii îngustaţi, Gabriel se uită la ea fix preţ de câteva secunde, iar mai apoi înşfăcă cuţitul de unt şi începu să întindă cu sârg substanţa albicioasă pe toată suprafaţa pielii rănite. Simţi o uşurare imediată şi oftă de mulţumire.

—Ţi-e foame? o întrebă el pe Magda, arătând spre platourile de pe masă. Putem cere să ţi se aducă o farfurie, să ştii.

Nu lăsase el prea multă mâncare pe masă, dar era convins că tot putea femeia să îşi încropească o gustare din ceea ce mai era acolo.

Magda refuză cu o scurtă scuturare de cap, dar nu îşi ridică privirea spre el. Urmărea acţiunile lui cu cea mai mare atenţie.

—Poate ai vrea nişte cafea, propuse el plin de speranţă, privind-o pieziş şi sperând că femeia îşi va transfera atenţia în altă parte.

—O cafea ar fi bună, se arătă Magda de acord. Deja am cerut să mi se aducă una când am traversat restaurantul aşa că nu trebuie să îţi faci griji despre asta, îl informă ea.

Bărbatul își roti umerii pentru a da de înțeles că lui îi era absolut indiferent ce voia ea.

—Apropo, cred că ai pus deja destul unt pe mâna aia, spuse ea, deși abia se abținea să nu râdă. Poți să te oprești, insistă ea când el îi ignoră vorbele și continuă să mai adauge unt pe piele.

—Mai bine mai mult decât prea puțin, mormăi el, iar Magda își scutură capul.

—Nu, în acest caz, lucrurile stau altfel, îl contrazise ea.

Magda observă curiozitatea din ochii lui și expresia i se schimbă.

—De altfel, vei vedea că ceea ce faci o să ducă la mai multă durere după aceea, adăugă ea pe un ton neutru. Pielea ta poate absorbi doar o anumită cantitate de grăsime. O să trebuiască să ștergi excesul de pe mână, iar procesul o să îți provoace mai multă durere, ținu ea să-i sublinieze consecințele.

Gabriel se mulțumi să își fluture cu dispreț mâna în care ținea cuțitul, dar după o clipă, se gândi mai bine la consecințele acțiunii sale. Magda surâse când omul începu să mormăie în timp ce își studia dosul palmei de parcă nu îl mai văzuse până atunci.

Și totuși, după câteva momente, femeia își scutură capul să și-l limpezească. Nu era înțelept să îl lase să o amuze.

De altfel, nu era o idee prea bună nici să considere că bărbatul era simpatic. Deși Magda deja îi transferase numele în josul listei de suspecți, omul se afla încă în anchetă. Prea multe lucruri rămăseseră fără răspuns.

Și totuși, atitudinea lui de băiat rău o seducea la nivel primar. De asemenea, nu putea să scape de impresia că, de fapt, comportamentul lui ascundea nesiguranță, ceea ce era cu adevărat adorabil, chiar dacă aceasta contrasta cu duritatea care deseori lucea în ambra ochilor lui adânciți în orbite și care era vădită și de linia aspră a gurii lui.

—Care e problema? o întrebă Gabriel când își ridică privirea și o surprinse privindu-l.

Magda își îndepărtătă ca nesemnificative sentimentele și gîndurile cu o ridicare din umeri, iar mai apoi se lăsă pe spate în scaun, căutând o poziție mai comodă.

—Voiam să mai vorbesc cu tine un pic, începu ea, dar chelnerița își alese exact acel moment să îi aducă niște cafea proaspătă.

Magda îi mulțumi cu un zâmbet cald, iar după ce femeia plecă, se ocupă de pregătirea cafelei după gustul ei.

Turnă zahăr și lapte în fiertura tare, iar după aceea își întoarse ochii spre Gabriel. Acesta o privea pe Magda cu ochi vulturești.

—Te gândești la ceva anume, inspectore? întrebă Gabriel pe un ton la obiect.

Avea senzația că discuția se va îndrepta spre probleme neplăcute și grave, așa că voia să își joace mâna calm pentru ca inspectoarea să nu sape prea profund în gîndurile lui. Își împietri trăsăturile pentru ca acestea să nu vădească nici anxietate, nici curiozitate.

Cu toate acestea, Magda îi simți circumspecția. Bărbatul o privea fix fără să clipească, dar degetele i se mișcau pe mânerul cuțitului, trădându-i neliniștea.

Oricum, Magda nu îi putea găsi vină. Nu își imagina că exista careva care ar accepta o posibilă condamnare pentru două crime fără să se agite.

—Am vorbit cu oamenii tăi ieri, îl informă ea pe un ton sec.

TEAM BUILDING CU PONOASE

Magda își flutură mâna pentru a diminua din importanța cuvintelor ei, intenționând să îl lasă să creadă ce dorea.

Învățase, de-a lungul timpului, că era mai bine să nu indice o anumită direcție interlocutorilor atunci când avea nevoie de răspunsuri. Acea atitudine o ajuta enorm când venea vorba de a obține răspunsuri care să o ajute.

—Oricum, m-am gândit să verific anumite lucruri cu tine, continuă ea, privindu-l cu atenție. Tu îi cunoști pe oamenii tăi mai bine decât mine, ridică ea din umeri.

Gabriel tot nu arătă nici un fel de reacție la cuvintele ei, ci se mulțumi să o privească. Părea doar vag interesat pentru că femeia îi vorbea și nu ar fi fost politicos să nu o asculte.

Supărată că bărbatul nu reacționa mai deloc, în afară de a-și arcui sprâncenele cu ceva ce denota un interes moderat în vorbele ei, Magda începu să bată darabana cu degetele pe marginea ceștii de cafea.

Bărbatul era destul de bun. Știa să păstreze o expresie neutră atunci când voia să își ascundă gândurile. Trebuia să îl admire pentru aceasta, indiferent că acel lucru nu îi convenea.

—Vorbesc de impresii, fapte..., își mișcă ea mâinile gesticulând larg. Știi tu, Gabriel, chestii uzuale, adăugă ea, ridicând un umăr auriu cu eleganță.

Ochii lui Gabriel urmărirâ mișcarea flămânzi, bărbatul uitând de atitudinea lui dezinteresată pentru o clipă. Din fericire, o parte a creierului lui încă mai funcționa, așa că aproape imediat, Gabriel se încruntă.

—Ai putea fi un pic mai precisă? Te asigur că aceasta este prima dată când mă aflu într-o astfel de situație, replică el cu sarcasm.

Femeia își îngustă ochii ușor, sorbi din cafea, iar apoi ridică acea sprânceană care îl cam irita.

—Nu am obiceiul de a fi implicat într-o crimă în fiecare zi, să știi, continuă el cu volubilitate, iar ironia îi luci în privire.

Magda trase aer profund în piept, iar apoi își scutură capul. Îi întoarse privirea ironică, iar colțurile gurii i se curbară în sus, chiar dacă nu se simțea ea prea caritabilă în acel moment.

—Eu încerc să te ajut în chestia asta, Gabriel, așa că nu este nevoie să...

—Ha, o întrerupse Gabriel ofensiv. Nu încerca să mă vrăjești cu chestia asta de mult fumată inspectore, lătră el.

Ochii îi scăpărară în direcția ei cu sfidare, iar omul abia se abținu să nu lovească masa cu mâna. Se săturase de-a binelea să fie bătaia de joc a tuturor.

Gabriel nu nutrea nici un fel de iluzii. Presupunea el cam cum se desfășurau lucrurile în domeniul Magdei. Un inspector ar fi folosit orice truc pentru a face un suspect să vorbească, iar el, unul, nu se simțea dornic să fie prins în cursă.

—Ascultă aici, inspectore. Mai înainte de toate, tu încerci să te ajuți pe tine însăți și să îndeplinești standardele de performanță, flutură el mâna cu cuțitul între ei doi.

Fruntea Magdei se încreți și femeia avu nevoie de un moment să se calmeze. O durea să știe că ea avusese doar intenția de a-l ajuta, iar el, pur și simplu, îi arunca bunătatea înapoi în față.

—Vrei să ai un pic de grijă cu cuțitul ăla, Gabriel? îi ceru ea pe un ton mai dur decât ar fi vrut. S-ar putea ca cineva să interpreteze gestul tău drept amenințare, îl privi ea cu înțeles.

Femeia își încleștă mâinile în poală, având grijă ca fața de masă să le ascundă de ochii lui. Niciodată nu-i plăcuse Magdei să amenințe pe careva. Nu avea stamina necesară, iar cuvintele pe care el o forțase să le pronunțe nu îi conveneau defel.

Gabriel aruncă cuțitul pe farfuria din fața lui imediat și, după aceea, se strâmbă la zgomotul pe care aceasta îl produse. O privi pe Magda drept în ochi și îi spuse:

—Evident că nu te ameninț. Ar fi pur și simplu o idioțenie din partea mea să fac așa ceva, nu crezi? își aplecă el capul gânditor pe o parte.

Bărbatul îi studie trăsăturile imobile cu atenție, dar nu reuși să își dea seama ce gândea ea.

—Pur și simplu s-a întâmplat, sublinie el. Doar ce am uitat că aveam cuțitul în mână. Nu m-am gândit să fac ceva, își deschise el brațele larg pentru a demonstra că nu avea niciun fel de intenții negative vizavi de ea.

Se studiară reciproc cu precauție câteva clipe, iar Gabriel răsuflă adânc. Era necesar să preia controlul situației și rapid. Știa că nu îl va ajuta cu nimic dacă ar fi supărat-o, chiar dacă simțea impulsul să spună ce gândea.

—Deja am discutat primul punct al argumentului meu. Hai, să trecem la al doilea. Probabil că încerci să îl prinzi pe criminal, știu asta. Și chiar vreau să reușești. Dar nu încerca să mă convingi că îți pasă și de ce mi se întâmplă mie în acest proces, uită el de ideea de a acționa diplomatic și cuvintele lui biciuiră cu furia care îi fulgera și în ochi.

—Trebuie să spun că ești un om foarte cinic, Gabriel, își strânse Magda buzele din cauza dezamăgirii.

Îl mai ținti cu privirea câteva secunde și numai după ce și-a cântărit bine cuvintele, femeia continuă.

—Şi totuşi îmi pasă de tine într-un fel. Vreau să spun, la fel de mult ca de orice altă fiinţă umană, se grăbi ea să adauge pentru ca bărbatul să nu o înţeleagă greşit şi să nu tragă concluzii eronate. Nu este totul doar să-mi fac datoria şi să închid cazul. Trebuie să mă şi asigur că am arestat persoana corectă, îl contrazise ea, iar privirea ei plină de reproş îl fulgeră.

—Un lucru este foarte clar. Eşti extrem de dedicată, îşi scutură Gabriel capul. În fond, este sâmbătă azi.

Magda îi zâmbi circumspect şi ridică din umeri, ridicându-şi cana de cafea la buze. Sorbi din lichidul fierbinte, dar ochii ei rămaseră pe chipul lui.

—Nu eşti din zonă, răspunse ea pe un ton moale după aceea. Îmi imaginez că ţi-ar place să mergi acasă şi să nu îţi cheltui banii mai mult decât este necesar pentru o cameră şi pentru mâncare în acest oraş, gesticulă ea, încercând să indice zona înconjurătoare. Nu mă deranjează să lucrez în weekend. Îmi voi lua câteva zile libere după ce voi termina această anchetă.

—Foarte frumos din partea ta. Plin de consideraţie, mormăi Gabriel, supărat că se lăsa impresionat de cuvintele ei.

Nu voia să se lase atins de afirmaţiile ei sau să caute anumite calităţi în femeia pe care o avea în faţa ochilor. Ea reprezenta duşmanul în acel moment, cel puţin până când l-ar fi găsit pe criminal şi l-ar fi lăsat pe el în pace.

—De ce ai nevoie de la mine? întrebă el cu reticenţă, înţelegând că, în ciuda a ceea ce gândea, tot trebuia să îi ofere femeii ceva în schimb.

—Vreau să aud părerea ta despre oamenii din echipa ta, spuse Magda cu hotărâre.

De pe buzele lui Gabriel izbucni un râs urât, iar roşeaţa îi pudră partea superioară a pomeţilor.

—Ce e aşa de amuzant? întrebă femeia, deşi se îndoia că, în acel moment, bărbatul ar fi găsit ceva care să-i stârnească amuzamentul.

Gabriel îşi flutură degetele, în acelaşi timp încercând să găsească cele mai potrivite cuvinte pentru a exprima ceea ce gândea. Îşi scutură capul de câteva ori, iar apoi decise să arunce o oarecare lumină asupra comportamentului său.

—Aseară, mi-am dat demisia din poziţia de team lider. Din slujba mea, ca să fiu mai precis.

—De ce? se măriră ochii Magdei cu uluială pentru că nu se aşteptase la o acţiune atât de radicală din partea lui.

—Pentru că nu mai puteam să-mi fac treaba, mărturisi el.

—Dar ancheta se va termina şi, probabil, curând. Nu e ca şi cum va dura o viaţă de om, îl contrazise Magda.

—Nu a fost vorba doar de anchetă, replică el cu oboseală în glas.

—Despre ce a mai fost vorba? îl întrebă Magda nedumerită.

Confuzia Magdei îl emoţionă în prima clipă, dar, după aceea, îl deranjă.

—Deja ţi-am spus de ce când am discutat ieri, se răsti el, nedorind să se umilească în faţa ei încă o dată. Ţi-am spus doar că echipa nu îmi mai respectă poziţia şi că nu mai am nici un fel de autoritate în faţa acestor oameni.

—Da, ai spus ceva de acest gen, aprobă ea dând din cap. Şi totuşi, lucrurile nu pot sta chiar aşa de prost, continuă ea pe un ton egal.

—Dă-mi voie să știu mai bine, lătră el, iar mai apoi, pentru a-și ascunde emoțiile, înșfăcă o bucată de bacon de pe platoul de pe masă și și-o azvârli în gură.

Buzele Magdei zvâcniră și femeia își drese glasul.

—Ți-as da voie, să știi, dar vezi tu, am vorbit cu oamenii tăi aproape toată ziua ieri, sublinie ea.

—Și crezi că acest lucru te face atotștiutoare? i-o întoarse el cu necaz, conștient în același timp că se apropia foarte rapid de hotarul dintre proteste și pură impolitețe din nou.

—Nu, nu sunt atotștiutoare, își scutură femeia capul, îmrepunându-și mîinile pe masă.

Cu un ochi clinic, Magda îl evaluă, iar opinia ei despre el nu se schimbă radical.

—Dar, sublinie ea, în afară de oamenii care s-ar fi plâns de absolut oricine și oricând, nu numai de tine în mod deosebit, ceilalți păreau să te aprecieze, chiar dacă, e adevărat, unii dintre ei au arătat clar că erau dezamăgiți temporar de tine.

—Mda, povestea vieții mele, încercă el să abordeze lucrurile cu frivolitate și își mișcă sprâncenele în sus și în jos.

—Poate că da, ridică ea din umeri. Cu toate acestea, ar trebui să iei în calcul faptul că dezamăgirea lor în tine pare să fie temporară. Tot mai au încredere în tine și în faptul că ești capabil să schimbi lucrurile în bine.

Gabriel își îndreptă privirea spre culmile munților, unde rocile calcaroase străluceau în lumina soarelui de vară. Trase adânc aer în piept, iar apoi se întoarse spre Magda.

Femeia sorbea din cafeaua ei fără grabă, iar buzele ei umede stârniră din nou un răspuns neașteptat în abdomenul lui.

—În acest caz, vor trebui să se obișnuiască cu dezamăgirea lor. Eu, unul, nu mai am nimic de dăruit, declară Gabriel fără nici un fel de emoție, decis să ignore efectul Magdei asupra trupului și minții lui.

—Consider că e păcat, dar aceasta e doar opinia mea. Tu trebuie să-ți faci propriile alegeri, ridică Magda din umeri.

—Aceasta-i și părerea mea, inspectore. Între timp, de ce nu mi-ai pune întrebările acelea despre care vorbeai?

CAPITOLUL ZECE

Deci înțeleg că Andy și Alex erau prieteni destul de buni, notă Magda ceva rapid în carnețelul ei.

—Nu cred că exista cineva care să nu îl placă pe Alex, răspunse Gabriel pe gânduri, învârtindu-și țigarea între degete. El... știa să asculte și să ajute..., adăugă el după o clipă, ochii lui rătăcind de la chipul Magdei spre munți.

Lacrimi nevărsate luceau în ochii bărbatului, iar liniile din jurul gurii lui se adânciră. Privindu-l, Magda își dădu seama că sentimentele lui Gabriel pentru Alex erau profunde. Omul nu se dovedise a fi un actor într-atât de bun încât să o inducă în eroare.

—Cât de mult timp a lucrat cu tine? îl întrebă ea pe un ton blând, în același timp înnăbușindu-și cu o voință de fier impulsul de a-i atinge mâna pentru a-i alina durerea.

Așa ceva ar fi fost mai mult decât greșit. Nu își putea permite să ofere nici un fel de confort unui suspect prezumtiv, chiar dacă instinctele ei urlau, avertizând-o că nu Gabriel a fost cel ce a comis crimele.

—Chiar de la început, se întoarse Gabriel spre ea. De fapt, abia începusem proiectul. Am fost porcușorii de guinea dacă vrei tu, râse el fără pic de veselie. Nici nu trecuse bine un an că m-am gândit să ies din tipar și mi-am încercat norocul cu poziția de supervizor... Restul e istorie, ridică el un umăr, iar orice expresie dispăru de pe chipul lui, dându-i Magdei senzația că bărbatul a închis complet fereastra spre gândurile și emoțiile lui.

—Ai avut... vreo problemă cu el? se interesă ea mai departe.

Bărbatul își scutură capul. Își închise ochii câteva secunde, iar mai apoi răspunse:

—Nu, nu cred... Știu că era supărat din cauza... lipsei mele de angajare, ca să spunem așa. Sau poate cu lipsa mea de implicare în cadrul echipei. Altfel, nu cred, scutură el din cap din nou.

—Marea parte a oamenilor tăi au spus exact același lucru, observă femeia. Cu două excepții, își completă ea declarația.

Gabriel o privi fix timp de mai multe secunde, fără să clipească defel, ceea ce o făcu să se simtă nelalocul ei. Fără să-și ia ochii de la ea, bărbatul își aprinse țigarea rulată manual cu gesturi grijulii și măsurate. Abia după aceea, își mută privirea la un punct undeva deasupra capului ei.

—De fapt, nu îmi prea pasă de ce spun ei despre mine, observă el pe un ton dur. Nu simt nevoia să-mi fie validate acțiunile, își scutură el capul vârtos. Sau, mai bine spus, nu mai simt nevoia de validare acum.

Magda îi studie expresia, iar buzele i se curbară imperceptibil.

—Ești dezamăgit, își dădu ea seama, iar cuvintele îi zburară afară din gură înainte să fie conștientă că a vorbit.

Gabriel ignoră șocul pe care îl resimți în tot corpul, dar fruntea i se încreți.

—Dezamăgit în legătură cu ce? întrebă el cu dispreț, simțind o nevoie stringentă să șteargă surâsul de pe buzele femeii și să o determine să aibă mai puțină încredere în sine.

Gabriel observase că femeia avea capacitatea de a intui anumite lucruri cu acuratețe și îi displăcea profund acel lucru. Nu simțea nevoia ca cineva să îi țină companie și să îl compătimească. Mai mult decât atât, nu îi plăceau oamenii care îl puteau citi cu prea multă ușurință. Gândurile și emoțiile personale îi aparțineau și nu era treaba nimănui să-și bage nasul în oala lui.

Magda nu se grăbi să îi răspundă, ci, mai întâi, își împleti mâinile pe tăblia mesei, ceea ce îi atrase atenția spre degetele ei nervoase. Femeia intuia cam cum va reacționa Gabriel la răspunsul ei, așa că, de fapt, nu încerca decât să câștige ceva timp.

Dacă Magda și-ar fi ținut gura închisă și ar fi discutat doar faptele, nu ar fi ajuns în acel punct al discuției, unde trebuiau să umble cu mănuși pentru a nu provoca resentimente.

—Ești dezamăgit de tine însuți, spuse ea până la urmă, știind că nu folosea la nimic să evite un răspuns direct.

Rușinea, dar și furia, scânteiară în ochii lui Gabriel. Degetele i se încleștară pe țigară, rupând-o în două, și, astfel, bărbatul își arse mâna încă o dată.

Nările îi fremătară și începu să scuipe un șir de înjurături atât de oribile încât Magda nu reuși să mai reacționeze. Femeia se holbă la el, cu ochii rotunjiți în urma șocului.

Urechile ei avuseseră parte să audă alte sesiuni zdravene de înjurături pentru că ar fi fost și imposibil să nu fie martoră la așa ceva în profesia ei. Și cu toate acestea, dacă era să judece după experiența proprie, nimeni nu ajunsese la nivelul de competență pe care îl demonstra Gabriel în acel domeniu.

Bărbatul își încheie litania de cuvinte vulgare strângând din dinți. Își înfrână temperamentul și o privi pe Magda pieziș. Obrajii înroșiți îi ardeau din cauza furiei, rușinii și stingherelii în același timp.

—Să nu spui nici măcar un cuvânt, mârâi Gabriel când observă că femeia deschisese gura, pregătită să spună ceva.

Magda își închise gura și își mușcă buza inferioară, încercând să-și înăbușe amuzamentul. Știa că uneori egoul unui bărbat reprezenta un lucru fragil și avea nevoie de timp ca să se domolească.

Pentru o clipă, Gabriel o șocase pe Magda cu cunoștințele sale extinse în ceea ce privea expletivele și cu pasiunea pe care o punea în pronunțarea unor asemenea cuvinte. Dar, cu toate acestea, bărbatul reușea să o amuze pe Magda și cu atitudinea lui, ba chiar mai mult decât s-ar fi așteptat.

—Dacă insiști, îmi voi prezenta scuzele pentru vocabularul meu de canal, dar crede-mă că nu aș aprecia nimic altceva din partea ta pe moment, îi ceru Gabriel, iar mai apoi își îndreptă atenția spre noile dureri produse de proaspăta arsură.

—Nici măcar un sfat? îl întrebă Magda cu veselie prost mascată.

Gabriel se mulțumi să mârâie la ea, iar ambra ochilor i se îngustă.

—Ascultă aici. Ești poliția. Înțeleg asta. Dar asta nu-ți dă dreptul să mă chinui sau să faci mișto de nefericirea mea, tună el și își sublinie declarația lovind în masă cu pumnul nerănit.

Vasele zornăiră și omul aruncă o privire spre ele iute să vadă dacă a spart vreuna. Acela ar fi fost ultimul lucru de care ar fi avut nevoie în acel moment.

Magda îi surâse cu șiretenie, iar după aceea își scutură capul.

—Gabriel, văd că îți place să păstrezi totul în nișe bine stabilite, dar așa ceva nu funcționează tot timpul. De asemenea, am observat că ai prefera ca oamenii să nu dea atenție la ceea ce gândești sau simți, dar, dă-mi voie să te informez că nici acest lucru nu prea merge, mai ales atunci când ești implicat într-o anchetă criminală.

—Acest lucru nu are deloc de-a face cu ancheta, i-o întoarse Gabriel.

Liniile din jurul gurii sale se adânciseră și mai mult din cauza durerii și a propriei inepții. Aparent era incapabil să-și găsească drumul spre ieșirea din labirintul în care viața îl încolțise, iar acel lucru îl măcina și mai mult.

—Nici eu nu vorbeam despre anchetă, observă femeia. Oricum, sfatul meu este exact același de mai devreme. Pune niște unt pe arsură și te vei simți mai bine, arătă ea cu bărbia spre untiera de pe masă.

—Nu am nevoie să fiu dădăcit, ca să știi, lătră Gabriel, dar în același timp înșfăcă cuțitul pentru a-și mai întinde un strat de unt pe piele.

—Toți avem nevoie de niște dădăceală din când în când, replică Magda râzând. Chiar și băieții mari și răi ca tine, continuă ea, luminițe jucându-i în ochi.

—Vezi, am avut dreptate, aruncă el cuțitul înapoi pe masă. Faci efectiv mișto de mine, trase el concluzia.

Magda îi analiză trăsăturile feței și își curbă sprânceana dreaptă.

—Ar trebui să înțeleg că tu nu consideri că ești un băiat mare și rău? se interesă ea, ușor confuză.

—Ascultă aici, nu sunt băiat, replică el cu mânie.

—Asta am remarcat, dădu ea din cap pentru a arăta că e de acord cu el. Este, în fond, numai o expresie. Dacă preferi să spun că ești un bărbat mare și rău, asta nu e o problemă pentru mine. Pot să îmi corectez limbajul, ridică Magda unul din umerii ei delicați, ce-i aminteau lui Gabriel de piersicile coapte.

—Știu că nu sunt într-atât de mare, îi răspunse Gabriel, lăsându-se pe spate în scaun, după ce ajunsese la concluzia că se făcuse de râs în suficientă măsură până atunci și că poate ar fi fost mai bine să își tempereze cuvintele pentru o vreme.

—Nu se vede astfel din perspectiva mea, îl contrazise Magda. Nu am spus că ai fi un uriaș, nu-i așa? Dar mare, da, aș spune că ești, repetă ea, trecându-și pe ascunse privirea de-a lungul trupului lui încă o dată.

—În regulă, care e scopul abordării tale în clipa asta? se aplecă Gabriel în față, privind-o cu ochi duri, fără să clipească.

Magda îl studie câteva momente, iar sprâncenele i se adunară pe frunte din cauza concentrării. Cu toate acestea, nu reuși să își dea seama ce voia bărbatul să spună.

—Mai exact ce vrei să spui? îl întrebă ea cu uluială.

—Știi foarte bine despre ce vorbesc, nu renunță Gabriel. Încerci să mă flatezi acum. Asta înseamnă că vrei ceva de la mine. Ce vrei? o întrebă el fără menajamente, nedorind să o lase să creadă că l-a amețit cu cuvintele ei.

Ochii Magdei se lărgiră și femeia își aplecă ușor capul spre dreapta, privindu-l de parcă omul ar fi fost un specimen necunoscut al unei specii recent descoperite.

—Se pare că ai o problemă nu numai cu încrederea vizavi de alții, dar și cu încrederea în tine însuți, trase ea concluzia. Ar trebui să faci ceva în legătură cu asta, spuse ea, ridicându-se în picioare și luându-și geanta pe care o atârnase de scaun la sosire. Când o femeie îți spune că ești un băiat mare și rău, trebuie doar să zâmbești și, poate, să spui *mulțumesc*. Nu e cazul să devii măgar pentru atâta lucru și să dovedești tuturor că nu dai nici o ceapă degerată pe tine însuți. Nu am nevoie să te flatez pentru a descoperi faptele de care am nevoie pentru a-mi încheia ancheta, Gabriel. Din păcate, singurul lucru pe care mi l-ai dovedit azi este că Mia și-a lăsat urmele ghearelor pe tine. Ei bine, ca să știi, chestia asta îți oferă mai mult decât cauză probabilă pentru uciderea ei, spuse ea fără ocoliș, iar apoi se întoarse pe tocuri și o porni cu pași furioși spre ușile franțuzești care se deschideau spre terasă.

—La naiba, stai o clipă, își împinse Gabriel scaunul înapoi și sări în picioare.

—Nu am nici o clipă disponibilă să o risipesc pe un individ care se comportă atât de prostește ca tine, replică Magda fără să își întoarcă capul spre el, iar apoi dispăru în interiorul pensiunii.

Gabriel făcu câțiva pași după ea, dar mai apoi se opri. Resimțea cuvintele ei ca o lovitură în mijlocul pieptului.

Bărbatul se lăsă să cadă înapoi pe scaun și își luă ceașca de cafea să-și umezească gura, dar nimic nu curse din ceașcă. Gabriel aruncă o privire înăuntru și se strâmbă când văzu că era goală.

O puse înapoi pe masă și se întinse să o ia pe a Magdei. Privi în ceașca ei și un rânjet îi apăru pe buze. Inspectoarea lăsase jumătate din cafea în cană. Ridicând din umeri, Gabriel o bău dintr-o dată, iar după aceea se strâmbă. El obișnuia să-și bea cafeaua neagră. Aparent, Magda prefera ceva de genul lapte și zahăr cu o picătură de cafea.

CAPITOLUL UNSPREZECE

—Înclin să cred că ucigașul e acel Gabriel Barna, insistă Stefan pe un ton inflexibil.

Ceilalți inspectori și tehnicieni criminaliști îl priviră cu oarecare curiozitate, ceea ce nu era ceva nou. Magda îl privi pieziș. Stefan era un investigator bun atunci când avea zile bune. Din păcate, astfel de zile nu erau prea dese. Mai rău decât atât, omul nu prea avea imaginație, ci se baza pe ce era evident, și nu întotdeauna ceea ce era aparent îi arăta adevărul unui inspector atunci când venea vorba de prinderea unui criminal.

—Înțeleg, replică Magda cu blândețe. Și vom ancheta și pe linia aceea, evident, dădu ea din cap spre el pentru a-l împăciui.

—Ești sigură că vrei să te uiți în direcția lui? o întrebă Stefan sec, iar o strâmbătură urâtă îi marcă fața.

—Ce vrei să spui, Stefan? îl întrebă Magda pe un ton liniștit, iar ceilalți oameni prezenți în încăpere își feriră privirile.

Toată lumea înțelesese sensul cuvintelor bărbatului, dar nimeni nu era pregătit să îi arate ce gândeau despre el.

—Știi foarte bine despre ce vorbesc, replică el cu îndrăzneală, fluturându-și mâna cu dispreț. Am văzut felul în care îl privești. Îți place tipul. Evident că nu vrei să fie vinovat.

Dar este, își îndreptă el arătătorul gros spre ea. Îmi mănânc șapca dacă nu este, lovi el cu mâna făcută pumn în masa de conferință.

—Înțeleg. Ei bine, sunt sigură că toată lumea mă cunoaște și știe că nu mă pretez la așa ceva, replică Magda pe un ton categoric, promițându-și în același timp să se asigure că îl va face să-și mănânce pălăria.

Expresiile de pe chipul celorlalți prezenți în sala de ședință trădau faptul că le-ar fi plăcut să aibă parte de locuri în primul rând când s-ar fi întâmplat așa ceva.

—Dacă el este ucigașul, atunci va fi arestat... Chiar dacă mi-ar place de el, așa cum ai spus tu, spuse ea cu dispreț, ochii ei străpungându-l pe Stefan cu silă.

Nu era un secret că existau anumite probleme între inspector și inspectorul șef, și toate acele probleme apăruseră numai din cauza lui Stefan. Magdei nu-i păsa defel de nimicnicia pe care acesta o demonstra sau de visurile lui de grandoare, chiar dacă era conștientă de părerile lui.

Stefan nu ascunsese de loc ce credea despre faptul că Magda devenise inspector șef înaintea lui. De mai multe ori declarase că femeia nu ajunsese în poziția în care se afla pentru că ar fi fost competentă.

Bărbatul era convins că ar fi fost un inspector șef mai bun decât Magda. Ar fi rezolvat cazurile fără să-și târască picioarele, cum făcea aceasta. El, unul, știa că atunci când dovezile îți săreau în ochi, era natural să le accepți. Nu ajuta cu absolut nimic să se învârtă în jurul lor pe vârfurile degetelor de la picioare.

Și cu toate acestea, ceilalți nu îi împărtășeau înalta sa opinie despre propriile lui abilități, iar el știa și acel lucru. Unii dintre ei chiar îi și declaraseră în față că i s-ar fi potrivit mai bine un alt tip de muncă în cadrul poliției, iar acele cuvinte îi răniseră mândria profund.

Toată lumea considera că polițistul era capabil ca să recolteze evidența, dar nu era la fel de potrivit pentru a o interpreta. Ștefan niciodată nu privea mai departe de lungul nasului, iar din cauza aceea mulți oameni îi mulțumeau proniei cerești că nu reușise să avanseze. Nu puțini dintre cei care avuseseră ghinionul să fie anchetați de el îl blestemaseră până în ziua de apoi.

Toți tehnicienii criminaliști și inspectorii considerau că Magda fusese cea mai bună alegere pentru postul de inspector șef, în ciuda faptului că era atât de tânără. Da, era adevărat că femeia dovedea că avea și unele emoții, dar acel lucru nu se întâmplase niciodată când se afla în exercițiul funcțiunii. Se comporta ca o adevărată profesionistă și trata absolut toate anchetele sale cu cea mai mare atenție.

Femeia știa să adune dovezile și să le facă să-i vorbească. Nu se oprea niciodată din săpat până ce nu era sigură că atunci când aresta pe careva, acea persoană era cu adevărat vinovată.

Magda avea obiceiul de a spune că anumite greșeli erau inevitabile, dar marea parte dintre ele puteau fi evitate, așa că depindea de ea să nu trimită la închisoare pe cineva care nu era culpabil.

Magda afirma că era datoria ei să privească toate elementele unui caz cu atenție și să construiască un puzzle de la bază. Până ce nu se potriveau toate piesele, femeia nu considera că munca ei era încheiată.

—Mă îndoiesc că Barna este criminalul, vocea joasă a conducătorului echipei criminalistice rupse tăcerea nefirească ce se lăsase în încăpere.

Deja trecut de cincizeci de ani, cu o barbă sură ca punct focal pe chipul său, omului nu-i păsa nici cât negru sub unghie de politica de birou. Nu îl interesa nimic altceva decât probele criminaliste pe care le procesa. Unii dintre ucenicii lui mai tineri îl numeau *Pops*, în timp ce ceilalţi îl ştiau sub numele de Titi.

Cum nu avusese niciodată vreo notă în dosarul personal pentru că ar fi tratat greşit vreo probă, nu mulţi îndrăzneau să îl contrazică atunci când vorbea. De fapt, mai nimeni nu se gândea la aşa ceva.

Ştefan îşi întoarse ochii reci în direcţia omului. Privirea i se îngustă şi două pete roşii îi pictară partea superioară a obrajilor. Niciodată nu îi plăcuse acel Titi. Prea de multe ori bărbatul atrăsese atenţia asupra greşelilor lui Ştefan.

—Ce vrei să spui? întrebă el pe o voce răguşită.

—Am analizat stropii de sânge, îi explică omul.

—Stropii de sânge îţi spun fix zero barat despre cine a comis o crimă, se strâmbă Ştefan şi un rânjet urât îi apăru pe buze.

—Ei bine, da, nu lasă o carte de vizită cu numele criminalului, asta e adevărat, îşi exprimă expertul criminalist acordul, tărăgănând cuvintele. Dar nici nu avem nevoie de aşa ceva pentru a învăţa din ce au ele să ne spună, adăugă el sfătos.

Bărbatul îşi roti umerii pentru a scăpa de junghiurile resimţite. De pe la şase dimineaţa îşi petrecuse timpul aplecat peste fotografii, iar trupul lui începuse să cam protesteze.

Cu toate acestea, Titi știa că astfel de ședințe erau întotdeauna însoțite de plângeri din partea lui Ștefan și el era hotărât să nu îl lase pe ticălos să câștige nici un fel de argument în care intra cu Magda. Așa că muncise cu sârg, timp îndelungat, pentru a se asigura că așa ceva nu se va întâmpla.

Moara bârfei deja măcina zvonul pe care Ștefan îl lansase cum că unul dintre suspecți o vrăjise pe Magda. Titi nu se îndoia că Ștefan va încerca să profite de pe urma acelei alegații pentru a o pune pe femeie într-o lumină proastă. Așa că expertul criminalist muncise în plus pentru a descoperi ceva care să o ajute să se apere.

—Și cam ce ai aflat? mârâi Ștefan, în același timp fluturându-și mâna cu dispreț înspre echipa de criminaliști, pe care nu îi considera ca fiind demni să stea la masa de ședințe cu el.

Ștefan avea impresia că aceștia nu își câștigaseră dreptul să ia loc alături de el și ceilalți inspectori la acea masă și, de altfel, își făcuse cunoscută acea opinie de mai multe ori în trecut. Poziția lor, după el, era undeva la baza piramidei muncii de poliție.

—În primul rînd, ar trebui să știi că tipul găsit în camera de la etaj nu a fost ucis acolo, spuse Titi, aruncându-și privirea spre medicul legist, care îi aprobă cuvintele dând din cap.

—Nimeni nu mi-a spus de chestia asta, interveni Ștefan, considerând faptul că nimeni nu se obosise să îl informeze în legătură cu un fapt atât de important era un atac personal la adresa lui.

—Păi, băiete, ți-ai luat liber în ultima zi și jumătate, doar știi, își desfăcu Titi brațele, pentru a demonstra că nimeni nu era vinovat de lipsa de informare a inspectorului.

—A fost weekend, răspunse Ștefan printre dinții încleștați. Oamenii nu muncesc în tipul weekendului, sublinie el.

—Unii o fac, replică medicul legist pe un ton care nu mai admitea nici un fel de comentariu.

Medicul legist, Lucian Cassian, dobândise o faimă anume în cadrul poliției și puțini ar fi îndrăznit să nu îl asculte. Experiența lui de peste douăzeci și șase de ani ca medic legist al județului vorbea pentru el.

Auzind cuvintele bărbatului, Ștefan scrâșni din dinți și o fixă pe Magda cu o privire furioasă. Era convins că numai din cauza ei să găsea în acea situație neplăcută.

Doctorul legist își scutură capul când observă privirea veninoasă a omului, iar după aceea continuă:

—Magda a avut dreptate când ne-a explicat că toți suspecții locuiesc în afara orașului nostru și că nu îi putem reține aici pe o perioadă nedefinită. Nu am fi putut să le cerem să plătească din buzunar pentru cheltuielile cu viața de zi cu zi în timp ce noi ne-am fi ocupat de treaba noastră, frumos, de la nouă la cinci, în timpul săptămânii, adăugă el pe un ton batjocuritor.

—Nu e treaba noastră să îi facem pe suspecți să se simtă bine, mormăi Ștefan, dar ochii lui nu îndrăznire să întâlnească privirea doctorului.

—Dar este treaba noastră să nu suspectăm la infinit pe toată lumea și să-i facem pe toți să se simtă inconfortabil atunci când putem acționa diferit, replică Magda pe un ton liniștit.

—Munca de poliție nu este pentru cei miloși, îi răspunse Ștefan cu mânie și dispreț în voce.

—Munca de poliție este pentru cei cu sensul dreptății, opri Lucian Cassian argumentul imediat.

Privirea întunecată a lui Ștefan se îndreptă pe furiș spre medicul legist atunci când îi auzi răspunsul, dar acesta se mulțumi să ridice cu indiferență din umeri când observă gestul inspectorului.

—Oricum, pentru că tocmai te plângeai că nu știi toate faptele, dă-mi voie să te luminez. Aș putea-o face mai rapid dacă ne oprim din a discuta teoria esenței muncii de polițist și ne întoarcem la subiectul în cauză, îl fixă doctorul pe inspectorul cu o privire dură.

Ștefan își flutură mâna scurt, ca și cum l-ar fi invitat pe doctor să continue, iar Lucian își scutură capul. Niciodată inspectorul nu înceta să îl impresioneze negativ.

—Omul nu a fost ucis în camera de la etaj, își începu el explicația rapid. Acesta a fost ucis în aceeași încăpere ca și fata, iar după ce a murit, cineva l-a cărat în acel dormitor.

—Ceea ce nu îl exclude pe acel Barna, spuse Ștefan pe un ton plin de veselie subită.

—Nu, acest lucru nu îl exclude. Și cu toate acestea, stropii de sânge despre care vorbea Titi, dovedesc fără pic de îndoială că cele două crime s-au petrecut în același timp. Luând în calcul dovezile, putem, fără a greși, să tragem concluzia că bărbatul a intrat în acea încăpere atunci când ucigașul sau ucigașii o omorau pe femeie în bătaie. Probabil că omul a încercat să intervină, presupuse Cassian.

—Cu siguranță a încercat să intervină, contribui Magda la tabloul crimei. Din ceea ce am aflat despre individ, acesta nu ar fi dat înapoi dacă ar fi văzut că cineva lovea o femeie, chiar dacă nu o plăcea pe femeia respectivă.

—Pur şi simplu extrapolezi faptele, se grăbi Ştefan să spună. Şi asta faci întotdeauna, chiar dacă e vorba doar de ce ai dori să se fi întâmplat, spuse el cu reproş, scuturându-şi capul în direcţia ei.

—Din câte îmi amintesc, interveni o tânără puţin peste douăzeci de ani cu părul foarte scurt şi blond, Magda a avut întotdeauna dreptate, chiar şi atunci când a extrapolat.

Ştefan îşi îngustă privirea şi îşi strânse buzele înainte de a-i răspunde femeii.

—Tu eşti femeie, Celia. Nu e de mirare că gândeşti ca ea.

—Dar eu sunt bărbat, spuse pe un ton aspru un lungan de vreo treizeci de ani. Iar eu sunt de acord cu evaluarea Magdei.

—Încep să simt că nu prea mă potrivesc în acest grup, spuse Ştefan, privind pe rând oamenii adunaţi în jurul mesei de şedinţe, având grijă să îi arunce o privire deosebit de otrăvită lunganului inspector, Bogdan Damian.

—Sunt sigur că acest lucru nu e vina noastră, replică Cassian pe un ton indiferent. Se pare că noi toţi suntem pe aceeaşi lungime de undă, în afară de tine. Poate ar trebui să te întrebi de ce, îl sfătui el pe mai tânărul bărbat fără nici un fel de răutate.

Ştefan îşi încleştă mâinile pe masă şi scrâşni din dinţi, gata să îi dea o replică acidă medicului legist, indiferent de statutul acestuia în cadrul poliţiei.

Celia se aplecă înspre inspector şi îşi puse mâna peste a lui.

—Cred că ar fi mai bine să auzi totul mai întâi, Ştefan, iar apoi poţi să-ţi formulezi o opinie. Nu poţi construi o analiză corespunzătoare dacă nu ai toate elementele, îi explică ea, bătându-l uşor pe dosul mâinii.

Ștefan își trase mâna cu hotărâre de sub palma ei și se lăsă în spate pe scaun.

—Bine, continuă, îl invită el pe medicul legist și, în același timp, încercă să ignore tristețea Celiei provocată de atitudinea sa brutale.

El, unul, nu o invitase să îi ofere nici un fel de confort, așa că nu avea de ce să-i pese că i-ar fi rănit sentimentele. În fond, de când Magda primise poziția de Inspector Șef, avusese parte de destule emoții încât să îi ajungă pentru toată viața.

—Am făcut autopsia și am verificat ceea ce am descoperit cu cele adunate de echipa lui Titi, începu Lucian.

Trase spre el un dosar gros și începu să-l frunzărească. Scoase câteva fotografii din el, iar apoi le aruncă spre mijlocul mesei, cât mai aproape de poziția lui Ștefan la masă.

—Pare destul de clar că au fost implicați cel puțin doi autori. Am reconstruit crimele și am ajuns la concluzia că aceștia au început cu bătaia femeii, spuse el, privind spre ceilalți pentru a vedea ce gândesc. Clar a fost și o încercare de viol, dacă e să luăm în calcul anumite urme de pe trupul ei.

Cei din echipa criminalistă murmurară, arătându-și acordul cu cuvintele lui, iar Celia și Bogdan dădură din cap. Lucian privi spre Ștefan, dar inspectorul se uita la poze și nu îi întoarse privirea.

—În timp ce aceștia loveau femeia și o azvârleau prin cameră, bărbatul a intrat și, după cum am spus, probabil a încercat să intervină, explică doctorul.

—Am analizat stropii de sânge de pe pantalonii și cămașa bărbatului, unul dintre experții criminaliști preluă cuvântul. Am găsit urme de sânge de la Mia acoperite cu stropi de sânge provenind de la el. Dovezile demonstrează că bărbatul a fost lovit din două părți cu două obiecte cotondente diferite, menționă expertul.

—Pe care, de altfel, le-am găsit în livingul de la parter, interveni Titi.

—În fine, unul dintre ei a mutat trupul lui Alex la etaj, în timp ce celălalt a continuat să o lovească pe Mia, interveni și Magda în discuție.

—Și cum de știi tu asta? întrebă Ștefan sarcastic.

—Simplu, băiete, îi răspunse Titi cu un surâs pe buze. Dacă ar fi lăsat corpul lui în living până ce ar fi ucis femeia, am fi găsit mai mult sânge de-al ei pe cadavrul lui. Cum însă au mutat corpul, nu am găsit decât câteva picături, care ulterior au fost acoperite de sângele lui. Aceasta înseamnă că l-au îndepărtat din cameră.

—Și totuși, cineva tot a continuat să o pocnească pe femeie, pentru că am găsit urme de sânge de-al ei în zona unde ar fi trebuit să fie cadavrul bărbatului, contribui și Damian la narativ.

—De unde naiba știi tu unde ar fi trebuit să fie trupul lui? întrebă Ștefan cu exasperare. Doar nu ești cititor în stele.

—Nu, nu sunt, dar am găsit locul unde bărbatul a căzut după ce cei doi l-au lovit peste cap din două părți, îi răspunse Bogdan.

—Am luat mostre de sânge de pe covorul unde capul lui a lovit podeaua. Sângele Miei s-a împrăștiat peste al lui. Sângele ei nu s-ar fi împroșcat în acel loc dacă trupul omului mai era încă acolo, ridică Titi din umeri.

—Atunci de ce nu a încercat femeia să fugă când cei doi se ocupau de bărbat? întrebă Ștefan, nedorind să se predea prea rapid.

—Cred că a încercat, spuse Magda cu blândețe. Ba chiar a ajuns până la ușă, dar cineva a prins-o din spate. Acel cineva i-a izbit capul de cadrul ușii. Titi a găsit urmele acolo, își întoarse ea ochii spre expertul criminalist, iar omul o aprobă dând din cap.

—Acel cineva a continuat să lovească femeia, în timp ce altcineva a luat pe umăr trupul bărbatului căzut pentru ca să îl care la etaj, preluă Titi ștafeta narațiunii. Individul care a prins fata, a lovit-o chiar când celălalt trecea pe lângă ei, cărând trupul lui Alex spre ușă ca să iasă din încăpere. Am găsit urmele lăsate de sângele femeii într-un loc unde acesta nu ar fi ajuns altfel. Poziția trupului lui Alex peste umărul ucigașului explică cum de urmele acelea au ajuns acolo, trase Titi concluzia.

—Deci putem să deducem că avem de-a face cu cel puțin doi criminali, lovi Bogdan cu degetul în tăblia mesei.

Celia își arătă acordul vizavi de cuvintele lui, iar apoi adăugă:

—Iar unul dintre ei este clar un bărbat. Nu cred că există vreo femeie în acel grup care ar fi capabilă să care un bărbat ca Alex peste umăr până la dormitorul de la etaj.

—Am văzut fetele din grup, interveni Lucian. De asemenea, am verificat și puterea necesară pentru a produce rănile pe care le-am inventariat pe cele două cadavre, continuă el, privind de la unul la celălalt din jurul mesei de ședințe. Pot să declar cu oarecare siguranță că nici una dintre femeile din acel grup nu ar putea fi una dintre criminali, își scutură el capul cu convingere. Ar fi posibil doar dacă una dintre ele este nebună, iar boala îi conferă mai multă putere decât ne putem noi da seama că are doar privind-o, adăugă Lucian cu o ușoară nesiguranța în voce.

Nimeni nu spuse nimic timp de un minut. Toți se gândeau la cele auzite și ajungeau la propriile concluzii.

Bogdan părea să vrea să mai adauge ceva, dar nu era încă decis să vorbească.

—Care e problema, Bogdan? îl întrebă Magda.

Bărbatul ezită câteva momente, își dădu la o parte o șuviță ce îi căzuse peste frunte, iar abia după câteva secunde, își exprimă părerea.

—Din toate acele audieri pe care le-am făcut, am înțeles că nimeni din grup nu o plăcea pe Mia. Aceasta era arogantă și egoistă. Își bătea joc de toată lumea și îi ațâța pe tipi, ceva de speriat.

—Da, interveni Celia. Asta am dedus și eu.

—Deci avem un motiv pentru acea crimă. Dar mă gândeam...

—La ce puteai tu să te gândești? îl întrebă Ștefan cu dispreț nemascat.

Bogdan se mulțumi să-și ridice o sprânceană, iar apoi se întoarse spre Magda.

—Ce-ar fi dacă am avea un motiv dublu în acest caz?

Magda se îndreptă în scaun și îl privi gânditoare.

—Acesta e un gând interesant, murmură inspectorul șef.

—Da, probabil că spionii secolului s-au culcușit în jurisdicția noastră, spuse în batjocură Ștefan.

În același timp, inspectorul observă expresiile de pe chipurile celorlalți și nu îi plăcu defel ce văzu. Pe chipul lui Lucian Cassian lucea interesul, iar Celia mai că tremura de nerăbdare să audă ce avea Bogdan de gând să spună.

—Lasă băiatul să vorbească, interveni Titi, lovind masa cu palma.

Ștefan se retrase în găoacea lui și chipul i se întunecă. El, unul, nu își putea imagina ce putea Damian să împărtășească celorlați din jurul mesei, dar observă că toate chipurile oglindeau gândurile exprimate de Titi.

—Am participat la unele din acele audieri, își începu Bogdan explicațiile. Din ceea ce am văzut, tipii erau cam furioși pe Gabriel Barna, iar acesta este denominatorul comun.

—Da, aceasta e adevărat, aprobă Magda dând din cap. Înțeleg că lucrurile nu au mers prea bine în cadrul oamenilor lui de ceva vreme, iar întreaga echipă consideră că Barna este sursa tuturor problemelor.

—Și cu toate acestea, numai unii dintre ei au acceptat ipoteza că el i-ar fi omorât pe cei doi oameni. Ceilalți nici nu au vrut să audă de așa ceva.

—Da, unii chiar s-au mai înmuiat în ceea ce îl privește în momentul în care au început să bănuiască că ne-am uita în direcția lui, considerând că el ar fi criminalul, comentă Celia.

—Exact, o aprobă Bogdan. Și totuși, am observat că sunt vreo trei sau patru dintre ei care chiar îl urăsc pe acest tip. Și acum mă gîndeam..., murmură el gânditor.

Tonul inspectorului suna atât de interesant încât Celia și unii dintre membrii echipei de criminaliști se aplecară în față pentru a auzi mai bine. Acțiunea lor aduse un surâs pe buzele Magdei, iar femeia își scutură capul amuzată.

—Ce-ar fi dacă ucigașii ar fi avut de gând să o pedepsească și să o omoare pe femeie, iar în același timp să arunce totul în spatele lui Barna? întrebă Bogdan, încercând să vadă ce părere aveau colegii lui.

—S-ar putea să ai ceva aici, murmură Lucian. Este posibil, să știi. Altfel de ce l-ar fi mutat pe Alex în camera lui?

—Plus că întotdeauna este bine să ai un țap ispășitor, confirmă și Titi. Doar aveau nevoie să cadă vina pe altcineva, nu-i așa?

—Deci ar trebui să ne uităm mai atent la oamenii care îl urăsc cel mai mult, propuse Celia.

—Cred că deja ați luat-o razna prin tărâmul basmelor acum, interveni Ștefan pe un ton acid.

Omul privi în jurul mesei cu ochi îngustați și întunecați și, după ce observă uluirea de pe chipul celorlalți, se crispă în sinea sa. Cu toate acestea, se decise să continue și să-și prezinte propria părere.

—Lucrurile sunt întotdeauna foarte simple. Individul o ura pe femeie. Alex a dat peste el în timp ce încerca să o omoare și Gabriel a reacționat. El este criminalul, lovi polițistul cu palma peste marginea mesei. Ar trebui să îl arestăm, atâta tot.

Medicul legist își scutură capul de parcă nu ar fi putut să-și creadă urechile.

—Pe baza căror dovezi, aș vrea să știu, întrebă el pe un ton dur.

—Erau urme de sânge pe blugii lui, menționă inspectorul cu încăpățânare.

—Pe tivul pantalonilor, ceea ce poate fi explicat prin faptul că a dormit pe sofa în noaptea aceea, îl întrerupse Titi. Nu putem să facem dovezile să corespundă cu teoria ta, inspectore, continuă el. Un avocat al apărării, aflat în prima lui zi de muncă în tribunal, ar fi capabil să demonstreze slăbiciunile unui astfel de caz.

—Nu, interveni și Magda. Nu îl putem aresta. Trebuie să vedem ce este cu ceilalți, sublinie ea.

—Pentru că ți s-au aprins călcâiele după el? se interesă Ștefan, iar răutatea îi coloră vocea.

În trecut, înainte ca ea să devină inspector șef și, implicit, șefa lui, Ștefan își încercase mâna la o curta pe Magda, dar femeia îl refuzase. Bărbatul nu putea să-i ierte asta și niciodată nu ratase șansa de a o ataca.

—Asta este chiar... o expresie foarte colorată, spuse Magda, privindu-l pe Ștefan drept în ochi.

Privirea ei directă, plină de autoritate, îl lovi direct în piept, lucru care nu îi plăcu inspectorului defel. Dar cu toate acestea, bărbatul nu cedă și nici măcar nu îi trecu prin minte să își ceară scuze în fața femeii, chiar dacă toți ceilalți îl priveau cu dezgust.

El spunea mereu lucrurilor pe nume. Nu le plăcea adevărul, era treaba lor, dar aceasta nu însemna că el ar fi trebuit să-și țină gura închisă.

—Nu cred că mi s-au aprins călcâiele după el, așa cum ai exprimat tu ideea asta atât de delicat. Dar în ciuda acestui lucru, îmi place omul și probabil, după ce ancheta se va termina, mă voi mai gândi la el din când în când, recunoscu Magda.

Femeia se aplecă mai departe peste masa de ședință și îl fixă cu privirea pe Ștefan. Bărbatul nici nu îndrăzni să clipească, ci doar se holbă la ea cu ochii mijiți.

—Aceasta nu înseamnă că nu îl voi aresta pe adevăratul criminal, iar dacă se dovedește că el este acela, atunci va merge la închisoare fără îndoială, continuă Magda. Atâta doar că îmi place să-mi fac meseria conform regulilor. Vreau ca arestările mele să se bazeze pe fapte și pe dovezi și nu pe îngustimea de vederi a cuiva, sublinie ea.

—Ce naiba vrei să spui cu asta? se adunară norii în ochii lui Ștefan.

—Exact ceea ce ai auzit, interveni Cassian. Sunt destul de sigur că toată lumea este de acord cu Magda în aceasta privință, în special în ceea ce te privește.

Doctorul se săturase de atitudinea tânărului bărbat. În ultima vreme, toate ședințele de acel gen durau mai mult decât era necesar din cauza lui, iar toată lumea avea lucruri de făcut.

—Cred că ar fi mai bine să ceri un transfer în altă parte, Ștefan, continuă el pe un ton foarte practic. Este mai mult decât clar că nu poți accepta faptul că Magda este inspectorul șef. Chestia asta îți stă ca un ciulin în coastă, omule, doctorul observă. Iar problema este că ea chiar este un inspector șef excelent. Nu-ți convine chestia asta, știu, așa că mai bine ai pleca, încheie el.

Ștefan se albi, iar degetele îi tresăriră pe tăblia mesei. Omul se lăsă pe spate în scaun și își încrucișă brațele peste piept pentru a-și ascunde mâinile.

—Nu este prima dată când ai făcut tot posibilul să subminezi o anchetă și să-i calci pe nervi pe toți cu meschinăria ta, își scutură Lucian capul. Dacă nu ceri tu însuți un transfer, atunci o voi face eu pentru tine, își încheie el tirada pe un ton destul de dur. Poate că ești un inspector bun. Nu știu. Problema este că nu îți folosești abilitățile aici pentru că ești prea ocupat să te iei de Magda.

—Nu ți-am cerut sfatul, inspectorul abia reuși să articuleze printre buzele strânse.

Ruşinea îi clocotea în piept, iar privirea i se înceţoşase.

—Nu e numai sfatul lui Lucian, băiete, se hotărî Titi să îşi prezinte şi el opinia. Toată lumea gândeşte astfel. Ar trebui să asculţi şi să faci ceva ce merită pentru tine şi viitorul tău. Aici nu faci decât să îţi pierzi timpul. Mai rău decât atât, îi faci şi pe ceilalţi să îşi piardă timpul, îşi scutură bărbatul mai vârstnic capul cu regret.

Ştefan privi în jur la chipurile colegilor săi. Citi adevărul în expresiile lor, aşa că se ridică şi părăsi sala de şedinţe. Chiar dacă îşi propusese să le arate că el este mai înţelept, tot nu se abţinu să nu trântească uşa în urma lui.

CAPITOLUL DOISPREZECE

Gabriel colindă micuţul oraş de munte, admirând priveliştile. Nu avea nimic de făcut cu timpul său, aşa că doar hoinărea prin jur.

Poate că ar fi trebuit să caute o nouă slujbă, dar nu vedea care ar fi fost rostul să o facă chiar atunci. Nu avea nici cea mai mică idee cât de mult timp va mai fi liber să colinde locurile, aşa că i se părea inutil să caute un nou loc de muncă. I se părea mai interesant să străbată străzile şi să cutreiere cărările montane atâta timp cât mai era liber să o facă.

Nu ştia nici măcar cât timp îi vor ajunge economiile, dar ori de câte ori acel gând îi apărea în minte, se mulţumea să ignore problema. Dacă nu se gândea la o anumită problemă, atunci înseamna că problema nu exista.

Întotdeauna Gabriel fusese un pic cam optimist. Nu ar fi supravieţuit agresiunilor din şcoală altfel şi nu şi-ar fi revenit de fiecare dată când o femeie îi dădea papucii cu mare tam-tam.

Uitase acel lucru despre el însuşi în ultimele câteva luni, dar se întorsese pe drumul cel bun acum. Nu prea avea el mari speranţe legate de viitorul lui, dar prezentul se vădea a fi destul de bun. Nu avea decât să continue să hoinărească şi să îşi încarce bateriile. Cel puţin, vremea se vădea a fi de partea lui.

Ştiuse de ceva vreme că avea nevoie să schimbe peisajul şi să-şi găsească o altă slujbă. Atâta doar că se văzuse împins să o facă acum, dar acel lucru nu îl necăjea defel. Din când în când chiar avea nevoie să fie împuns pentru a face ceea ce era corect. Altfel, ar fi tot amânat.

Mai mult decât atât, era foarte mulţumit că echipa lui nu va suferi chiar dacă oamenii trebuiau să rămână în acel oraş pentru o vreme.

Înainte să-şi fi părăsit echipa, Gabriel vorbise cu Andy şi îi înmânase toţi banii pe care departamentul financiar le dăduse pentru acea excursie. Discuţia dintre ei abundase cu reproşuri şi învinuiri, dar cel puţin Gabriel ştia că oamenilor lui nu le lipseau banii de care aveau nevoie pentru ca să îşi cumpere mâncare. Cel puţin, nu trebuiau să se îngrijoreze că nu aveau suficiene fonduri în buzunar sau în conturile lor din bancă.

Marţi, Adam l-a sunat din nou pe Gabriel şi chiar l-a uluit, făcându-l pe acesta să îl respecte şi mai mult pe fostul lui şef. În fond, Gabriel nu se aşteptase la nici un fel de ajutor din partea lui Adam, ba chiar avusese convingerea că, interesat numai de totalul de sub linie şi de profit, acesta se va spăla pe mâini de el.

Adam i-a demonstrat lui Gabriel că presupunerile pe care acesta le făcuse despre el erau eronate. În primul rând, Adam considerase că era de datoria lui să contacteze poliţia pentru a vedea cum stăteau lucrurile. După aceea, omul a aranjat să îi trimită bani lui Gabriel pentru a plăti camerele de hotel şi hrana pentru întreaga echipă.

Cum banii ajunseseră direct la Gabriel, ca să se ducă la pensiunea unde se aciuiase echipa lui şi să-i înmâneze banii lui Andy, acesta a trebuit să contacteze poliţia ca să aranjeze pentru o escortă. De altfel, sperase să o vadă pe Magda din nou, dar se văzuse în situația de a se mulțumi cu compania unei alte inspectoare tinere, Celia, și a inspectorului morocănos, Ștefan, care clar îl ura pe Gabriel din toată inima.

Ori de câte ori își amintea cele două ore petrecute în compania lor, Gabriel se cutremura. Femeia nu îi crease nici un fel de probleme, dar Ștefan îl tratase de parcă ar fi fost ultimul om de pe pământ.

Omul acela îi amintea lui Gabriel de unul dintre agresorii lui din primii ani de școală, pe vremea când era prea pipernicit, timid și fără nici un fel de antrenament pentru a se apăra. Ei bine, nici de acesta nu se prea putea apăra. Inspectorul i-ar fi aruncat fundul în pușcărie în nici două minute.

Nedorind să se mai gândească la el, Gabriel îndepărtă imaginea inspectorului din minte și își înfipse mâinile în buzunarele de la pantaloni. Respiră adânc aerul de munte, parfumat cu pin și brad, iar apoi își continuă plimbarea, pașii purtându-l spre o alee îngustă și unduitoare, ce ducea spre marginea orașului.

Gândurile i se întoarseră spre Adam. Cel ce urma să-i devină fost șef în curând acceptase cererea de demisie depusă de Gabriel, dar cu un preaviz de șapte zile. Ca urmare a acelei manevre, Gabriel rămăsese pe statele de plată ale companiei și, în consecință, era considerat ca salariat în continuare, iar Adam se folosise de acea calitate a lui în fața departamentului financiar și obținuse banii necesari pentru a acoperi toate cheltuielile lui Gabriel timp de nouă zile.

Astfel, Adam forțase mâna firmei să plătească cazarea și mesele pentru Gabriel de-a lungul acelor zile. Îi făcuse să înțeleagă că Gabriel se găsea în acel oraș pentru că el îl trimisese acolo cu afaceri și nu pentru că omul își dorise câteva zile de distracție la munte.

Adam argumentase că de fapt compania ar fi trebuit să plătească și pentru zilele de sâmbătă și duminică, din moment ce Gabriel a fost forțat să părăsească vila și nu avusese nimic de spus în acea privință.

Pașii lui Gabriel îl purtară spre o răscruce, iar acesta alese să urmeze drumul din dreapta. Nu se opri din mers, chiar dacă panta devenise mai înclinată. Mintea îi era ocupată cu calcule.

Omul își dădu seama că mai avea încă trei zile cu totul plătit de către angajatorul temporar. După aceea, totul depindea de ce putea el face și de economiile lui mizere.

Bărbatul își șterse sudoarea de pe frunte cu dosul palmei și își scutură capul. Niciodată nu avusese el prea mult spor sau abilitate pentru a pune bani deoparte pentru zile negre. La naiba, dacă se gândea mai bine, de fapt, nu avea bani destui nici măcar pentru zilele mai cenușii.

Gabriel își continuă drumul tot înainte până ce lăsă complet în urmă zgomotul orașului. Abia atunci, se așeză pe o stâncă de pe marginea cărării și își aprinse o țigară.

Se gândise serios să se lase de fumat, dar își dăduse seama că nu o putea face brusc. Reușise numai să reducă numărul țigărilor la aproape jumătate, așa că trase fumul în plămâni și se auto-felicită. Era o realizare, până la urmă, iar aceasta se găsea în fruntea listei de deziderate, chiar alături de renunțarea la băutură.

Acum Gabriel nu se mai putea uita la o sticlă de alcool fără să i se facă greață. Nu mai gustase nici o picătură din acea noapte târzie sau dimineața devreme, mai bine spus, când se dusese la culcare în compania unei sticle de vodkă și o femeie moartă.

Stinse țigarea fără să o termine, iar apoi o băgă într-o pungă mică de plastic. Îi intrase deja în obicei să care o punguță cu el atunci când colinda pe munte. I se trezise la viață conștiința după ce i se făcuse rușine prima dată când stinsese un muc de țigară sub călcâiul încălțămintei sale pe una dintre acele cărări de munte.

Gabriel se întoarse la răscrucea din drum pe care o părăsise puțin mai devreme, iar apoi urmă cealaltă cărare, care ducea înapoi spre oraș, dar pe ruta mai lungă cu peisaje pitorești.

În drumul său, se întâlni cu o mână de oameni, dar ochelarii lui de soare îi ascundeau nefericirea, iar un surâs îi curba buzele la momentul potrivit. Dădea din cap, în semn de salut, și se bucură că lumea îl băga în seamă, chiar dacă nu știa nici măcar una dintre persoanele pe care le întâlnea.

Drumul pe care îl alesese îl conduse înapoi spre centrul orașului. Brusc, simți miros de carne prăjită pe grătar, ceea ce îl binedispuse, așa că își lăsă nasul să preia controlul și urmări mirosul până la sursă.

Cu un zâmbet larg, păși pe o terasă care se întindea la umbra creată de vreo douăzeci sau poate treizeci de umbrele colorate. Trase în piept aerul aromat cu fumul de la grătarul cu jar și hotărî că acela era cel mai bun loc pentru a lua un prânz întârziat.

O porni spre spatele terasei cu gândul să găsească o masă chiar în apropierea grătarului. Pasul îi deveni mai agil și surâsul i se lărgi pe buze. Brusc, sunetul unei voci îi alungă buna dispoziție și îi opri înaintarea pe terasă.

La nici câțiva metri de el, îl observă pe Andy la o masă, vorbind cu prietenii săi și folosindu-și mâinile mari și gesturile largi pentru a-și completa cuvintele. O parte dintre ceilalți membrii ai echipei îl ascultau râzând.

Gabriel o remarcă pe Anna, așezată foarte aproape de Andy și se bucură să o vadă râzând. Atitudinea ei dovedea că se simțea bine în acel grup. Niciodată nu păruse femeia mai lipsită de griji, iar frumusețea ei naturală strălucea. Se părea că Anna nu mai simțea nevoia de a purta haine revelatoare sau să-și arate umerii pentru a arăta bine.

Așezată alături de Anna, Adria îl captiva pe Dan cu coama ei arămie și ochii ei albastru-verzui, ce îi luceau din spatele lentilelor ochelarilor.

Privirea lui Gabriel trecu peste ceilalți și omul își scutură capul cu hotărâre. Nu mai aparținea acelui grup, iar acel verdict era definitiv. Omul zâmbi cu tristețe și se întoarse pe călcâie pentru a părăsi terasa. Abia făcuse câțiva pași când o mână mare și lată i se opri pe umăr. Încercă să o scuture în timp ce se întorcea pentru a-l înfrunta pe cel ce încerca să-l oprească.

Ambra din ochii lui se opri asupra ochilor întunecați ai lui Andy. Cei doi bărbați se analizară unul pe celălalt cu circumspecție timp de câteva secunde, iar apoi Andy spuse:

—Hai să stai cu noi la masă, Gabi.

Zâmbetul lui Gabriel se lărgi. De mult timp nu mai auzise acel nume zburând de pe buzele lui Andy.

—Aș vreau, Andy, dar nu pot, își scutură el capul cu tristețe după câteva momente.

—De ce nu? își aplecă Andy capul pe o parte cu confuzie. Dacă ai venit aici, înseamnă că ai vrut să iei prânzul, așa că poți sta să mănânci.

—Da, de-asta am venit. Dar poliția a spus că nu pot să intru în contact cu nici unul dintre voi. Doar știi că sunt considerat suspect, sublinie Gabriel.

—Ți-aș spune eu ce cred că ar trebui poliția să facă, dar nu cred că mi-ai aprecia candoarea. În ultima vreme nu mi-ai prea apreciat vocabularul poignant, rânji Andy cu malițiozitate. Oricum, nimeni dintre cei care se găsesc la această masă consideră că ai fi tu ucigașul. Și dacă chiar simți nevoia, poți să îi suni pe tipii de la poliție să le spui că vei lua prânzul cu noi, spuse Andy pe un ton mai potrivit pentru un despot, al cărui obicei ar fi fost să decidă soarta tuturor.

Gabriel rânji, recunoscându-l pe vechiul Andy. Îi fusese dor de acel tip și îi fusese foarte greu să considere că Andy, cel care îl tratase ca gunoiul zilei de ieri, era același cu Andy cel prietenos.

—Voi anunța poliția că voi lua prânzul cu voi, iar apoi voi veni la voi la masă, da? spuse el.

—Fă cum vrei, ridică Andy din umeri și se întoarse la prietenii lui, în timp ce Gabriel își clătină capul, urmărindu-l cu privirea.

Umerii lați ai lui Andy se balansau ușor în timp ce acesta se îndrepta spre masă. Mersul lui era ieșit din comun. Omului îi plăcea să exagereze și să se umfle în pene când mergea, așa că arăta ca un semn uriaș, care avertiza: *Nu te pune cu mine.*

Gabriel își scoase telefonul din buzunarul pantalonilor și formă numărul de telefon pe care Magda i-l dăduse când vorbiseră prima dată sâmbătă. Magda nu răspunse, așa că îi lăsă un mesaj scurt, informând-o că, în ciuda instrucțiunilor pe care ea i le dăduse, lua prânzul cu unii dintre oamenii din fosta lui echipă. După aceea, Gabriel își vârî telefonul înapoi în buzunar, iar după ce trase aer adânc în piept, se îndreptă spre masa foștilor lui colegi.

Nu știa la ce să se aștepte, deși Andy fusese destul de prietenos. În momentul în care oamenii de la masă își îndreptară ochii spre el, avu senzația că se afla sub microscop. O clipă mai târziu, foștii lui colegi îl primiră cu entuziasm, așa că Gabriel renunță la mantaua de reticență în care se înfășurase. Li se alătură la masă, iar în mai puțin de cinci minute, toți conversau exact așa cum o făceau și înainte.

—Ce bei, amice? îl întrebă Dan când ospătarul veni să le ia comanda.

—Probabil că vodkă, cred eu, interveni Andy cu un rânjet uriaș, întorcându-și ochii spre Gabriel.

—Nu, nu, vodka nu este pentru mine, scutură Gabriel din cap. Cred că voi comanda o coca cola și o friptură mare și grasă, îi spuse el chelnerului.

—Hai, măi, omule, interveni Andy. Trebuie să bei ceva cu noi.

—Am jurat să nu mai pun gura pe băutură, îl informă Gabriel cu o ridicare din umeri.

—Nu, pe bune? îl întrebă Adria, împingându-și șuvițele arămii pe după urechi.

—Pe bune, îi răspunse Gabriel cu hotărâre, iar gura i se strânse într-o linie dură. Băutura mi-a adus doar necazuri până acum. Îmi voi încerca mâna la abstinenţă totală pentru o vreme.

—Nu pot să cred aşa ceva, i-o întoarse Andy. Cel puţin poţi bea o bere fără alcool.

—Nici berea fără alcool nu face parte din planurile mele, Andy, îi respinse Gabriel propunerea, scuturându-şi capul.

Şi cu toate acestea tentaţia era enormă. Dar nu trebuia decât să-şi amintească ce fel de persoană devenise din cauza beţiilor pentru ca voinţa să i se întărească.

Rămaseră la masă mai bine de trei ore, în ciuda privilor piezişe ale chelnerului, care încerca să-i facă să elibereze masa o dată. În fond, mai erau şi alţi clienţi cărora le-ar fi surâs un grătar.

Când în sfârşit părăsiră restaurantul, Andy propuse ca toată lumea să îl conducă pe Gabriel înapoi la pensiunea lui înainte de a se întoarce la a lor.

Gabriel se simţise bine alături de vechii lui prieteni. Nu îi fusese uşor să facă faţă tuturor întrebărilor şi comentariilor care veneau din toate părţile, dar nu credea că acela ar fi fost un motiv să se plângă.

Surâsul lui se lărgi când observă roşeaţa de pe obrajii Annei cînd Andy îşi puse braţul peste umerii ei pentru a o trage alături de el. Nu îi scăpară din vedere nici eforturile inutile ale lui Dan de a-i prinde degetele Adriei în mâna sa.

Vorbiseră despre Alex pentru o vreme. Ar fi fost imposibil să nu i se menţioneze numele omului. Se întristaseră pentru câteva momente, dar Andy a ştiut să îi binedispună din nou.

Întinzându-se în pat după ce a stins lumina, Gabriel adormi imediat, cu un zâmbet pe chip. Uneori, viaţa era bună. Nu avea de unde să ştie dacă lucrurile se vor schimba în ziua următoare şi va avea iar parte de momente neplăcute, dar, pe moment, totul era bine.

CAPITOLUL TREISPREZECE

—Ţi-ai pierdut minţile? Un al treilea cadavru?

—Ştii bine că nu eu am fost de vină cu primele două. Ştii doar pentru că ţi-am spus asta.

—Iar eu, ca un idiot, te-am crezut, privirea bărbatului mai vârstnic îl străpunse pe celălalt.

—Aşa cum ar fi şi trebuit, veni răspunsul pe un ton foarte sigur de sine. Doar ţi-am spus că nu am vrut decât să o altoiesc un pic pe fata aia, individul mai tânăr se explică din nou pentru că tensiunea încărca deja aerul din jurul lor şi se gîndise să mai domolească lucrurile încercând să prezinte argumente logice pentru ce se întâmplase.

Individul mai vârstnic începu să patruleze încolo şi încoace trecându-şi degetele prin păr, în timp ce celălalt îşi dădu ochii peste cap, gândindu-se că probabil mai trebuia să adauge câte ceva la povestirea lui pentru a-l câştiga de partea lui.

—Muierea a meritat-o, doar ştii. Târfa se culca cu toţi, dar nu cu mine, ca şi cum ar fi avut dreptul să aleagă. Ba chiar a avut tupeul să îmi vorbească de parcă aş fi fost un nimeni. Mie! Imaginează-ţi! i se ridică vocea cu câţiva decibeli şi o grimasă îi contorsionă trăsăturile.

Celălalt bărbat îşi întoarse uluit privirea spre mai tânărul său interlocutor care îşi continua tirada furios. Pur şi simplu, nu înţelegea ce voia acesta să spună. Îşi amintea foarte bine încercările de viol pe care le suferise Mia şi îşi scutură capul, negăsindu-şi cuvintele.

—Ne-am fi oprit acolo, doar ţi-am spus. Dar atunci a venit idiotul ăla în cameră, iar noi doar am reacţionat. După ce l-am ucis, *accidental*, după cum deja ţi-am explicat, nu am mai avut altă alegere. Trebuia să ucidem şi fata. Ar fi vorbit, omule, îşi aruncă el braţele în aer, iar bărbatul mai vârstnic se holbă la el, şocat.

Explicaţia aceea era departe de a fi plauzibilă. Femeia oricum ar fi vorbit, iar poliţia nu privea cu indulgenţă un atac fizic şi sexual asupra cuiva.

Şi cu toate că ştia toate acestea, omul recunoscu în sinea lui că tot îl va ajuta pe bărbatul pe care îl avea în faţa ochilor. Aceea fusese datoria lui de-a lungul întregii vieţi, iar datoria reprezenta ceva sfânt pentru el şi întotdeauna şi-o făcuse cu conştiinciozitate.

—Bine, să spunem că pricep primele două crime, spuse el cu oarecare ezitare pentru că, în fond, nu le înţelegea, şi încercă să citească trăsăturile omului din faţa lui. Dar de ce aceasta? arătă el spre trupul pe care tocmai îl rostogoliseră în jos pe panta zănoagei.

—Ştia despre tine şi tot dădea din gură. Ţi-ar fi cauzat multe neplăceri aşa că a trebuit să îi închid gura. Doar pentru tine, veni răspunsul, iar linguşeala luci în ochii mai tânărului bărbat.

Cel de-al doilea își scutură capul pentru că nu își mai găsea cuvintele. Nu credea că ar fi avut mijloacele să se ocupe și de acea a treia crimă. Dacă primele două îi făcuseră pe polițiști să alerge de năuci în cercuri, aceasta ar fi deschis o întreagă cutie de viermi.

—Ce aș putea face eu? își întoarse el ochii spre celălalt.

—Am eu o idee, nu îți fă griji. Amândoi vom ieși din chestia asta fără cea mai mică problemă, o să vezi, spuse cel mai tânăr și dădu din cap plin de încredere în sine, după care începu să îi explice în detaliu planul pe care îl pusese la punct.

De-a lungul prezentării întregului plan, celălalt se holbă la el șocat, scuturându-și capul din când în când, copleșit de uluiala din ce în ce mai mare. Nu îi venea să creadă că tânărul era capabil de asemenea inventivitate și șiretenie și nu știa dacă ar fi fost cazul să fie mândru sau să fie speriat de el.

Când ultimul punct al strategiei a fost dezvăluit, omul oftă profund. Își dăduse seama că planul ar fi putut funcționa, așa că se grăbi să pună toate lucrurile la punct pentru ca să-l facă să reușească.

În seara aceea un câine dădu peste cadavrul unui tânăr și începu să latre de nebun, făcând asemenea scandal că ar fi putut ridica morții din cimitir. Stăpânul lui, un puști de doisprezece ani, își chemă câinele înapoi fără succes mai bine de un sfert de oră.

După aceea, copilul se chinui să coboare panta, gândindu-se că dacă îi va pune câinelui lesa, va putea să-l facă să îl urmeze și să plece de acolo. Curând, ar fi coborât întunericul, iar mamei lui nu îi surâdea că puștiul se prelumbra pe străzi noaptea. Băiatul putea să parieze pe întreaga lui colecţie de benzi desenate că va avea parte de o predică lungă în seara aceea.

Când dădu cu ochii de omul mort, atât benzile desenate, cât şi predicile parentale dispărură complet din mintea lui. Copilul îşi pierdu cina imediat şi începu să se caţere înapoi pe coastă, pe cât de repede putu. În graba sa, uită şi de câine şi de tot.

O oră mai târziu, poliţia deja pusese cadavrul într-un sac de plastic şi îl trimisese la morgă, după care începuse să treacă zona prin sită. Experţii criminalişti colectară infimile dovezi de la faţa locului, dar ştiau că acelea nu îi vor ajuta prea mult pentru a rezolva crima.

Cartea de identitate a decedatului îl determină pe inspectorul de serviciu, Bogdan Damian, să o sune pe Magda, deoarece era necesar ca aceasta să fie informată că unul dintre suspecţii ei devenise şi el o victimă. Aranjară să aibă o întâlnire la morgă după ce echipa de criminalistică termina de adunat toate probele de la faţa locului.

Magda reconscu chipul victimei, deşi cineva avusese grijă să i-l distrugă. George Lecca îi dăduse impresia unui om cu o personalitate refulată, care ar fi putut fi condus cu uşurinţă de către cineva cu o personalitate mai puternică. Magda studie trupul lovit, iar acea impresie deveni certitudine.

—Medicul legist va face autopsia asupra tipului doar mâine, o informă Bogdan Damian. Azi dimineaţă a plecat la Bucureşti şi se va întoarce doar în jur de miezul nopţii.

—Da, am auzit că trebuia să meargă la o conferinţă sau ceva asemănător, dădu Magda din cap, patrulând prin încăpere, imună la mirosurile puternice de formaldehidă şi antiseptic.

Îşi treu părul pe după urechi cu degetele, în timp ce punea la cale un plan de acţiune. După aceea, îşi întoarse ochii spre Damian şi spuse:

—O voi lua pe Celia şi voi merge să discut cu amicii tipului. Ştiu unde este pensiunea lor. Tu ar trebui să continui cu investigaţia aici, adăugă ea, iar apoi părăsi morga.

Audierile le luară marea parte a nopţii. Din fericire, ora înaintată nu îi deranjă şi pe subiecţii lor, chiar dacă le displăcură subiectele de discuţie. Sistemele lor biologice lucrau foarte bine până pe la două sau trei dimineaţa.

Cu toate acestea, în jurul miezului nopţii, Magda se hotărî să întrerupă discuţiile şi să le continue a doua zi dimineaţa. Îşi simţea creierul deja în ceaţă, iar ochii Celiei erau injectaţi. Aranjară să aibă o şedinţă pe la ora zece dimineaţa, iar apoi plecară fiecare acasă.

Magda ajunse la secţia de poliţie cam cu jumătate de oră înainte de şedinţă. Spre surpriza ei, atât Celia cât şi Bogdan o aşteptau în holul de la intrare, iar Titi se grăbi să li se alăture după ce îşi scoase o sticlă de coca cola din automatul de băuturi.

—Care este treaba cu comitetul de bun venit? întrebă Magda cu un surâs pe buze, deşi avea senzaţia că ceva nu era tocmai în regulă.

—Avem veşti mari, replică Celia cu gesturi largi. De genul care îţi vine greu să le crezi, adăugă ea, dând din cap sfătos, aruncând priviri furişe spre ceilalţi.

—Acum chiar că m-ai făcut curioasă. Ce nu voi crede? o întrebă Magda, iar zâmbetul nu-i părăsi buzele nici măcar o clipă.

—Ştefan a arestat pe cineva, răspunse Bogdan pe un ton sec, adunându-şi sprâncenele pe frunte.

—Înțeleg, murmură Magda. Și pe cine a arestat și pentru ce anume? continuă ea să întrebe, chiar dacă un val de greață i se ridicase în gâtlej la auzirea veștilor.

—Nu-i așa greu să chicești, fătucă, interveni Titi după ce dădu pe gât cam jumătate din conținutul sticlei de coca cola. Pe flăcăul ăla, Gabriel Nu Stiu Cum, își roti el mâna prin aer. Nu îmi aduc aminte celălalt nume taman acum, mormăi el după ce încercă să și-l amintească, scotocind prin diverse colțuri ale minții.

—Înțeleg, murmură Magda din nou, incapabilă să se miște. Nu îi venea să creadă ce auzea.

—De ce?

Celia și Bogdan ridicară din umeri cu neputință, dar Titi îi răspunse cu ușurință:

—Poți alege ce motiv vrei: pentru că Ștefan a simțit că-ți place de băiat; sau pentru că este un ticălos și nu se poate abține să nu reacționeze ca un ticălos; pentru că a auzit voci noaptea trecută, iar acele voci i-au cerut să o facă. Mai trebuie să continui? se interesă omul, observând că Magda se holba la el șocată.

Magda nu putea să reacționeze, ci doar să îl privească fix. Omul scuipa cele mai bizare motive posibile, iar ea nu găsea cuvintele care l-ar fi putut opri.

Celia și Bogdan încercau să își înăbușe râsul, dar nu păreau să aibă prea mare succes în încercarea lor. Titi era pe val.

—În regulă, se adună Magda când observă că Titi se încruntase. Mai întâi, mergem să-l vedem pe Gabriel Barna. Vom porni de-acolo, decise ea și o porni cu pași mari spre zona de detenție.

Aflară unde l-a pus Ștefan pe Gabriel, iar Magda pur și simplu mărșălui în încăpere, fără ca măcar să se obosească să ciocăne la ușă.

Gabriel era așezat la o masă de lemn cu mâinile încătușate. Bărbatul se sprijinea cu umerii de peretele din spatele lui, iar ambra ochilor lui devenise lichidă. O vânătaie întunecată îi marca bărbia, iar ochiul lui stâng împărtășea povestea unui pumn care făcuse contact cu chipul lui de câteva ori și cu forță ridicată.

Titi îl privi și își scutură capul, convins că acum Ștefan va trebui să plătească pentru faptele sale. Magda nu ar fi trecut cu vederea asemenea brutalitate, considerând că așa ceva era în complet dezacord cu tot ceea ce încerca ea să construiască în cadrul departamentului.

Celia își acoperise gura cu mâna pentru a înăbuși orice sunet. Vânătăile de pe trupul bărbatului pe care îl avea în fața ochilor o șocaseră pe femeie profund.

Bogdan se strâmbă când observă semnele de pe fața lui Gabriel, dar nu spuse nimic. Își vârî mâinile în buzunare și se sprijini cu spatele de ușă, așteptând să vadă ce urma să se întâmple.

Prin ochii îngustați, Magda studie trăsăturile lui Gabriel, iar apoi ochii i se opriră asupra mâinilor încătușate.

Ștefan se întorsese spre ușă când ceilalți intraseră, iar o luminiță victorioasă îi sclipi în ochi.

—Ai putea să ne explici ce avem aici? îl întrebă Magda cu un calm înghețat.

Ștefan ridică din umeri, iar apoi îi răspunse:

—Acesta este bărbatul pe care l-am arestat pentru uciderea lui George Lecca. Curând, va mărturisi că a comis și celelalte crime, de asemenea, o asigură el pe Magda, iar un zâmbet urât i se lăți pe buze.

—Înțeleg, spuse ea fără inflexiune. Vom vedea noi cum stau lucrurile, nu-i așa? Bănuiesc că ai toate probele necesare pentru a-ți susține alegația.

Ștefan se ridică în picioare cu furie abia reținută. Vru să spună ceva, dar Magda îl opri cu un gest.

—Totuși, mai întâi aș vrea să aflu cum de a ajuns să aibă rănile acelea, se interesă ea pe acel ton de un calm aproape ieșit din comun care îl zgâria pe Ștefan pe nervi.

—A rezistat la arestare, răspunse Ștefan, aruncând o privire neagră în direcția lui Gabriel.

—Înțeleg, murmură Magda și se întoarse spre Gabriel. Ai opus rezistență la arestare? îl întrebă ea pe un ton la obiect.

Gabriel se strâmbă, își întoarse privirea spre Ștefan și îl privi cu dispreț. Apoi răspunse pe un ton distant:

—E cam greu să te opui arestării când cineva sare asupra ta în timp ce dormi, inspectore.

—Nu-l poți crede. Este cuvântul lui împotriva cuvântului meu, urlă Ștefan.

—De fapt, probele și martorii vor determina ce voi crede, i-o întoarse Magda.

Ștefan se holbă la ea, neînțelegând ce voia femeia să spună.

—Presupun că dacă vorbesc cu oamenii de la pensiune, îți vor susține varianta, spuse ea pe un ton oarecum mai blând.

—Mă voi duce și îți voi aduce declarațiile lor, o porni Ștefan spre ușă, pregătit să meargă și să adune declarațiile acelea imediat.

—Nu prea merge aşa, îl opri Magda punându-i o mână pe piept.

—Ce naiba vrei să spui? vocea bărbatului tremură din cauza furiei.

—Vreau să spun că Damian se va duce şi va strânge declaraţiile de la pensiune, îi răspunse ea, făcându-i semn cu capul lui Bogdan să o pornească într-acolo.

—El nu se va întoarce cu adevărul, încercă Ştefan să treacă de ea cu forţa, dar Titi păşi în faţa lui oprindu-l.

—O va face, iar eu voi avea încredere în acele declaraţii, îl avertiză Magda pe Ştefan pe un ton dur. Acum, scoate cătuşele acelea, îi ordonă ea lui Ştefan.

—Nu, nu le scot. Individul e un criminal şi tu vrei să ascunzi totul sub covor pentru că...

—Îmi pare rău, i-o întoarse ea cu amuzament în voce. Chestia asta nu o să meargă, îl avertiză ea pe Ştefan.

—Am dovada că el a comis crima, o contrazise el.

—Aş spune că asta e chiar interesant, replică Magda cu uimire.

—De ce? se îngustară ochii lui Ştefan studiind-o.

—Pentru că Gabriel are un alibi destul de zdravăn pentru ora la care s-a produs crima, îi răspunse ea pe un ton pragmatic.

—Cine naiba i-ar da lui un alibi? explodă Ştefan.

—Dacă ţi-ai fi făcut tema cum trebuie, aşa cum ne-am făcut-o noi, ai fi ştiut, i-o tăie din scurt inspectorul şef. Acum scoate-i cătuşele de la mâini, ordonă Magda pe un ton care nu mai admitea nici un fel de nesupunere.

Cu teama strecurată în suflet, Ştefan desfăcu cătuşele şi le trase de pe încheieturile omului cu brutalitate. Gabriel îi observa chipul lui Ştefan şi îşi dădu seama că bărbatul aştepta un semn de slăbiciune din partea lui, aşa că se decise să nu îi dea lui Ştefan satisfacţia de a-l auzi gemând.

Privirea Magdei se opri pe trăsăturile lui Gabriel timp de câteva clipe, iar apoi se întoarse spre inspector şi spuse:

—Ştefan, ai ziua de astăzi liberă.

—Ce? Ţi-ai pierdut minţile? Ţi-am spus că am dovezi....

—Atunci înmânează acele dovezi echipii criminaliste şi du-te să te distrezi, îi răspunse ea, luându-şi mai apoi privirea de la el.

—Este deja în custodia echipei criminaliste, bărbatul mârâi.

—Perfect atunci. Titi te poate conduce afară din încăpere, nu-i aşa? îşi întoarse ea ochii de la Gabriel spre expertul criminalist.

Bărbatul o aprobă cu un semn din cap, iar apoi, gesticulă spre Ştefan, invitându-l să-l urmeze. Inspectorul îşi scutură capul ca şi cum nu ar fi putut crede ce se întâmpla, iar apoi, furios, părăsi încăperea de interogatoriu.

Imediat după ce uşa se închise în spatele lui, Magda se întoarse spre Celia:

—Vreau să verifici toate relaţiile posibile ale ultimei victime.

—Nu e nici o problemă, boss, tânăra femeie ciripi. Poţi să-mi permiţi să fac o mică cercetare în legătură cu altceva mai întâi? Este legat de caz, desigur. Am doar o bănuială, ridică ea din umeri.

—Nu e nici o problemă. Fă-o, replică Magda, iar Celia părăsi încăperea foarte bine dispusă.

Magda îl privi pe Gabriel timp de câteva secunde, iar după aceea deschise ușa și îi făcu semn unui subinspector să vină și să ia loc la masă.

Ea luă loc într-un scaun vizavi de Gabriel, îl mai privi câteva clipe, iar după aceea îl întrebă:

—Ai nevoie de un doctor?

Ochii bărbatului trecură peste trăsăturile ei, în timp ce, absent, bătea darabana cu degetele pe masa de lemn, scrijelită de un alt arestat în trecut. Acesta, având o viziune originală, schițase niște părți anatomice abstracte.

Se pare că Gabriel găsi pe chipul Magdei ceea ce căuta pentru că se decise să răspundă.

—Nu, nu am nevoie de un doctor. Inspectorul m-a pocnit un pic. Nu e mare lucru. Am avut parte de mai rău de atât, ridică el din umeri.

—Nu ai amețeală, greață sau vederea încețoșată? se interesă Magda.

Buzele lui Gabriel zvâcniră, iar el își scutură capul.

—Nu văd două persoane în loc de una când mă uit la tine, așa că nu trebuie să te îngrijorezi. Aș putea bea însă o cafea, dacă nu te superi. Nu am avut timp să beau una azi dimineață. A trebuit să vin din pat direct aici după cum vezi, își desfăcu el brațele, iar apoi arătă spre pieptul gol și pantalonii scurți gri pe care îi purta. Sper că nu te deranjează că nu m-am pieptănat și nu mi-am periat dinții, glumi el. Inspectorul nu mi-a permis nici să mă încalț măcar.

Magda își închise ochii și numără până la zece în minte pentru a nu începe să urle.

-Îmi cer scuze din partea departamentului pentru ce ți s-a întâmplat, Gabriel, își împreună ea mâinile pe masă.

Femeia arăta exact ca o directoare de școală, rigidă și foarte serioasă, în ciuda rochiei subțiri galbene, presărată cu floricele albe, pe care o purta.

—Nici măcar nu ne gândisem să te arestăm astăzi, ca să știi, continuă ea.

—Oh, să înțeleg că Ștefan v-a stricat planificarea? Ai programat cumva arestarea mea pentru mâine? se interesă Gabriel pe un ton sarcastic.

—Știm că nu l-ai fi putut ucide pe George Lecca, îi răspunse Magda. Adrian, se întoarse ea spre celălalt inspector. Te rog, cheamă pe cineva să ne aducă niște cafea aici. Oaspetele nostru are nevoie să bea una și eu de asemenea. Probabil că și tu ai vrea să bei o cafea.

—Mă ocup imediat, sări omul de pe scaun și începu să apese pe claviatura telefonului în timp ce se îndrepta spre ușă.

—Nu e necesar să dai telefon din afara acestei încăperi, spuse Magda. Nu este un secret de stat, în fond, își strânse ea buzele într-o linie subțire.

Adrian se întoarse spre ea, ușor îmbujorat în obraji. Chiar și vârfurile urechilor lui se înroșiseră, iar Magda trebui să își stăvilească râsul.

Așteptară ca cineva să le aducă cafeaua. Gabriel o privea fix pe Magda, care citea ceva pe ecranul telefonului ei cu foarte mare atenție. Între timp, Adrian îl studia pe Gabriel cu interes neascuns.

Imediat ce cafeaua veni, începu audierea, în ciuda ținutei nepotrive a lui Gabriel, sau mai bine spus, în ciuda lipsei de îmbrăcăminte a acestuia.

CAPITOLUL PAISPREZECE

Vineri seara, inspectorii de poliție și experții criminaliști s-au adunat din nou în sala de ședințe. Ștefan era și el prezent și se uita de la o persoană la cealaltă cu o privire copleșită de mânie.

Nu i se permisese să facă prea multe din dimineața în care îl arestase pe Gabriel, iar acel gând îl măcina cumplit. Omul mai că mârâi când își aminti cum l-a trimis Magda la plimbare din sediul poliției. Abia mai târziu a aflat și el că Magda i-a dat drumul lui Gabriel. Ba mai mult decât atât, femeia îi și prezentase lui Gabriel scuze în numele departamentului.

Ștefan se uită la chipurile din încăpere cu dezgust palpabil. Mânia îi aprindea scânteile din ochi ori de câte ori privirea i se oprea asupra lui Titi, care avusese îndrăzneala să îl arunce afară din clădire.

Toată lumea stătea jos, așteptând ca Celia să vină și ea în sala de ședințe. Aceasta îi spusese Magdei că dăduse peste ceva important și trebuia să printeze materialul înainte să li se alăture, dar că nu va întârzia mai mult de zece minute.

Medicul legist citea ziarul, sorbind din cafeaua sa, iar Bogdan Damian îl întreținea pe expertul criminalist cu o povestire spusă pe tonuri atât de joase încât numai Titi putea să o audă.

Gura lui Ștefan se strânse. Își dădea seama că toată lumea evita să îl privească sau să îi vorbească. Chiar și Magda citea emailurile de pe telefonul ei, de parcă el nici nu ar fi fost în sală.

Celia țâșni în sală plină de bucurie și flutură un teanc de hârtii în aer. Toată lumea, îi zâmbi cu excepția lui Ștefan, chiar dacă femeia se așeză alături de el pe scaun, punând hârtiile cu fața în jos pe masă.

—În regulă, hai să începem, spuse Magda, închizându-și telefonul. Doctore...

—După cum am scris deja în raportul meu, cauza morții a fost strangularea, iar aceasta nu a avut loc unde am găsit victima. A fost ucis altundeva și aruncat în josul râpei după aceea, spuse medicul legist, verificându-și dosarul, doar de efect.

Doctorul își știa rezultatele pe de rost, așa că nu folosea datele de pe hârtie decât ca suport. I se părea că avea mai multă credibilitate dacă pretindea că își arunca ochii peste hârtii.

—Știu că am determinat că cineva a transportat victima în portbagajul unei mașini. Avem deja marca și anul mașinii, dar sunt zeci, dacă nu sute sau chiar mii de mașini de acest tip în jur. Oricum, în momentul în care avem un suspect, îi putem verifica interiorul mașinii și după aceea cazul este solid.

Se opri câteva clipe din vorbit și sorbi din sticla de apă să își răcorească gâtlejul. După aceea, înșurubă dopul la sticlă și trecu în revistă privirile pline de așteptări ale colegilor lui.

—Cu toate acestea, continuă el, aruncându-i o privire Magdei, înainte de a trece la transportarea cadavrului, făptaşul a lovit victima în mod repetat. Corpul lui George Lecca este acoperit de contuzii pe piept, faţă şi pe spate. Aş putea spune, fără nici cea mai mică îndoială, că ucigaşul are o problemă serioasă în ceea ce priveşte controlul propriului temperament, trase doctorul concluzia.

—Asta este sigur, se arătă Titi de acord, împreunându-şi mâinile pe masă şi aplecându-se în faţă. Nu am găsit prea multe dovezi la locul crimei. De fapt, aşa cum a şi menţionat doctorul deja, scena crimei ar trebui să fie în altă parte, iar unde este mai exact, nu am aflat încă, îşi flutură el braţele cu regret.

—O vom găsi, îi răspunse Magda pe un ton liniştit. Mai avem încă unele atuuri pe care nu le-am jucat, zâmbi ea cu siguranţă, iar inima lui Ştefan se chirci.

Încrederea de sine a femeii nu prea denota că ar fi existat unele veşti bune şi pentru el. Inspectorul dorea ca aceasta să eşueze în anchetă, iar dorinţa lui reprezenta o necesitate viscerală.

—În fine, am recoltat o probă care ne ajută foarte mult, continuă expertul criminalist, iar Ştefan zâmbi cu satisfacţie.

Ştia el despre ce probă vorbea acesta.

—Am găsit o bucată de tricou, dacă îţi aduci aminte. Degetele victimei erau încârligate în ea. Cum cineva deja purtase acel tricou, am fi putut obţine ADN şi absolut orice altceva am fi dorit de la acea probă, menţionă Titi.

—Vrei să spui că până acum nici măcar nu te-ai obosit să faci analiza ADN? sări Ştefan de pe scaunul său urlând. Sunteţi toţi idioţi sau ce? Am fi putut avea criminalul arestat deja, şi voi vă jucaţi de-a ce? lovi el cu pumnul în masă, iar Celia tresări.

—Stai jos, spuse Magda pe un ton liniștit.

Ștefan refuză să-i asculte ordinul, dar privirea lui Lucian Cassian îl obligă să se supună. Se lăsă să cadă din nou spe scaun, scuturându-și capul de uluire.

—Dumnezeule mare, lucrez cu o grămadă de idioți, mormăi el. Voi merge direct la subcomisarul de poliție cu chestia asta. Așteaptă numai și o să vezi, își agită el degetul pe sub nasul Magdei.

Femeia îl privi cu indiferență preț de câteva clipe, iar apoi spuse:

—Poate că mai bine ai asculta și la restul narațiunii mai întâi, pentru ca abia apoi să-ți planifici întâlnirea cu subcomisarul.

Tonul vocii ei îl făcu pe Ștefan să se teamă. Omul nu înțelegea de ce femeia nu era înspăimântată și nu încerca să cerșească timp pentru a-și corecta toate greșelile. Ar fi trebuit să fie speriată pentru că acea anchetă fusese condusă greșit din prima zi, iar ea era cauza eșecului.

—Titi, îi semnală Magda expertului criminalist să continue.

Bărbatul își limpezi glasul și își scutură capul privindu-l pe Ștefan, iar apoi continuă cu prezentarea sa.

—Nu am analizat acel tricou pentru că ar fi fost o risipă de bani și de timp. Ascultă, băiete, îl opri el pe Ștefan când acesta își deschise gura să intervină din nou. Bucata aceea de pânză provine de la un tricou care a fost în încăperea probelor de la primele două crime. Doar tu l-ai colectat, pentru numele lui Dumnezeu. Acum, eu m-am gândit să verific camerele, spuse

Titi, foarte mulțumit să observe picăturile de sudoare de pe fruntea lui Ștefan. Ce crezi că am văzut pe înregistrările acelea? întrebă el pe un ton șugubăț.

Stefan înghiți cu greu în sec și evită privirea bărbatului. Inima îi bătea rapid, cu anxietate. Ceva nu era corect. Nu știa el exact ce, dar, aparent, el, unul, fusese prins la mijloc.

—Nu te-ai gândit la asta, nu-i așa? își scutură Titi capul, privindu-l. Ți-am mai spus în trecut și ți-o spun din nou. Nu ai imaginație. De aceea nu ai fost promovat, flăcău, dădu el din cap din nou.

Titi se întoarse spre Damian, care se lăsase pe spate în scaun și arăta de parcă ar fi înghițit o lămâie. Chipul îi devenise cenușiu, iar lumina din ochi i se stinsese.

—Fața ta arată al naibii de bine pe film, băiete. Ar fi trebuit să încerci să te faci artist de cinema, nu polițist, își scutură el capul cu mâhnire.

Damian înghȩță și nu își putu găsi cuvintele să răspundă. Cu chipul îngălbenit și cu privirea dură, Ștefan se întoarse spre el.

—Ticălosule. Tu m-ai împuns să îl arestez pe individul ăla. Efectiv m-ai jucat ca....

Omul nu mai termină ce voia să spună, ci se lansă peste masă pentru a-l înșfăca pe inspector de cămașă. Cassian interveni și, proptindu-și podul palmei în pieptul lui, îl împinse pe Ștefan înapoi în scaunul său.

—Liniștește-te, Ștefan. Nu este vina lui că nu gândești mai întâi pentru a reacționa abia după aceea. El doar a profitat de tâmpenia ta.

Ștefan se lăsă greu în scaun, obosit, respirând cu greutate. Își șterse sudoarea de pe frunte cu mâneca de la cămașă și gemu, scuturându-și capul. Nu putea înțelege ce se petrecea.

Celia se întinse, să-l bată pe dosul mâinii, gata să îl consoleze, dar se răzgândi când își aduse aminte cum reacționase Ștefan la așa ceva în trecut.

—În afară de toate acestea, interveni Celia pe un ton molatec, am aflat ceva foarte interesant, spuse ea arătând spre hârtiile din fața ei.

Ștefan își întoarse ochii obosiți spre ea. Înfrângerea îi era scrisă pe chip. Pentru el nu mai conta ce găsise ea.

—Acea probă mi-a dat ideea ce să caut. Mai întâi am cercetat trecutul lui Ștefan. După aceea, m-am gândit la tine, spuse ea și își întoarse privirea directă spre Damian. Ai un frate vitreg, continuă ea. Numele lui este Alex Josan, de asemenea cunoscut sub numele de Al printre colegii săi.

—Și? întrebă Damian pe un ton sec.

-Îmi amintesc că a fost destul de vag când am discutat pe unde se afla când anchetam primele două crime. Când George a fost ucis, Al nu fusese împreună cu colegii săi în oraș și a spus că trăsese un pui de somn toată după-masa.

—Deci băiatul a dormit. Care e problema? mai că urlă Damian, panica copleșindu-i mintea.

Vârfurile degetelor îi amorțiseră, iar un pumn puternic îi strângea inima. Viața i se sfărâma la picioare, pur și simplu, iar el nu putea face absolut nimic ca să oprească dezastrul.

—Nu e atât de simplu, Bogdan, îi răspunse Magda cu tristețe. Faptele vorbesc, iar probele nu mint niciodată.

Damian îşi frecă tâmplele cu vîrful degetelor, încercând să-şi ostoiască furia care urla în capul lui. Simţi impulsul de a o strânge de gât pe femeie.

Era conştient că i se terminase cariera şi că viaţa lui nu mai valora un cent. Cu toate acestea, ar fi preferat să nu audă acea sentinţă din gura altcuiva.

—Implicarea ta în construirea unui scenariu pentru a arunca vina pentru ultima crimă asupra altcuiva este evident, observă Magda. Nu ai încercat să ne faci să privim în direcţia lui Gabriel de la început, doar dacă nu cumva tot tu l-ai instigat pe Ştefan încă de atunci. Şi totuşi, de data aceasta, ai încercat să falsifici probele, Bogdan. Nu ai fi făcut aşa ceva pentru absolut oricine, nu-i aşa?

Damian negă scuturându-şi capul, dar nu îşi ridică privirea spre ea. Nu putea să-şi adune gândurile pentru a construi un plan sau pentru a veni cu o explicaţie.

—Deja l-am arestat pe fratele tău. Se găseşte jos, în arest. Ştii ce este mai trist? îl întrebă ea, iar, în sfârşit, ochii lui Damian se întoarseră spre ea.

Privirea îi era imobilă, iar trăsăturile sale păreau tăiate în piatră. Omul ştia când era momentul să arunce prosopul în ring.

—Al tocmai a încercat să ne convingă că tu i-ai ucis pe toţi, iar el, unul, nu a fost defel implicat. A fost el un pic cam confuz în ceea ce priveau motivele tale, dar, altfel, naraţiunea lui a fost destul de coerentă.

Râsul amar al lui Damian umplu sala de şedinţe. Omul îşi scutură capul şi îşi frecă ochii cu degetele.

—Iar tu l-ai crezut, desigur, spuse el întorcându-şi privirea spre Magda din nou.

—Nu, nu l-am crezut. Şi nu aş crede povestea lui Al nici dacă ai confirma-o tu, îşi scutură Magda capul. Evidenţa nu arată că erai prezent la scena crimei când Mia şi Alex au fost ucişi. Ai falsificat probele în a doua crimă, dar eşti, până la urmă, doar un accesoriu după ce s-a produs fapta, îşi strânse ea buzele dezamăgită.

—Sunt şi eu arestat? întrebă Bogdan pe o voce răguşită.

Titi şi Cassian îl priviră de parcă omul şi-ar fi pierdut amărâta de minte. Întrebarea lui nici nu merita un răspuns.

În ciuda acelui fapt, Magda se mulţumi să aprobe dând din cap, iar apoi îi făcu semn Celiei să îi citească lui Damian drepturile sale şi să-l areste. După aceea, se întoarse spre Ştefan.

—Mi-e teamă că va trebui să răspunzi pentru arestarea aceea abuzivă, Ştefan. Va fi o investigaţie în legătură cu aceasta săptămâna viitoare. M-am gândit că ar trebui să fi informat despre ea, îşi strânse Magda lucrurile şi părăsi sala fără a mai privi în urmă.

Deja purta prea multă greutate pe umeri în acel moment. Nu mai avea nevoie să adauge şi emoţiile lui Ştefan la acea greutate.

Ştefan îi privi pe toţi părăsind încăperea, iar apoi se lăsă pe spate în scaun. Îşi coborî pleoapele peste ochi, îşi încruċişă braţele pe piet şi îşi scutură capul.

—E vremea să părăsesc această slujbă. Ceva legat de pază ar fi mult mai bine pentru mine, îşi strânse Ştefan buzele şi dădu din cap.

CAPITOLUL CINCISPREZECE

Gabriel își lăsă lucrurile în camera pe care și-o luase la pensiunea unde mai stătuse în trecut și care îi plăcuse. Ieși să petreacă ceva timp pe terasă, iar după aceea decise să cutreiere prin jur pentru o vreme.

Se întorsese în orașul de la poalele muntelui cu primul tren de dimineață. Acum, după un mic dejun zdravăn, la fel de bun pe cum și-l amintea, îl mâncau tălpile să se plimbe.

Traversă drumul spre marginea pădurii și o porni în sus pe cărare. Gabriel simțea nevoia să revadă poiana pe care o găsise în timpul excursiilor sale în jurul orașului. Acolo se dusese înainte de a părăsi orașul și acolo își planificase restul vieții sale.

Amintirile lui despre acel oraș erau oarecum amare, dar spera să creeze amintiri mai bune de atunci încolo. Considera că dacă își dorea ceva suficient de mult, va reuși.

Gabriel trase adânc aer în piept și se bucură de mușcătura rece a aerului de toamnă. Părăsise orașul în vară și localitatea îi plăcuse atunci. Acum, în septembrie, Gabriel se îndrăgosti din nou de orășel și de munți. Îi plăcea să audă foșnetul frunzelor, iar felul în care lumina soarelui se filtra printre crengile copacilor avea darul de a-i aduse lui Gabriel liniștea.

După ce petrecu o oră stând pe iarba din poiană, pritocind idei și făcând noi planuri sau, pur și simplu, pierzând timpul, Gabriel o porni înapoi în jos pe cărare. Nu se grăbi defel. Avea suficient timp la dispoziție pentru ca să facă următorii pași din planurile pe care și le construise.

În mai puțin de cincisprezece minute, ajunse la marginea orașului și la colțul înconjurat de copaci unde pensiunea se estompa în peisaj. Mai avea doar vreo cincizeci de pași până la ușa de intrare din pensiune când se opri înghețat pe loc pentru câteva clipe.

Magda se afla în fața clădirii. Tânăra femeie se juca cu cureaua de la geanta ei de umăr, ronțăindu-și partea laterală a degetului arătător.

Gabriel veni încet spre ea, iar Magda își întoarse ochii migdalați asupra lui. Studie trăsăturile bărbatului pentru câteva clipe, iar apoi un zâmbet îi curbă buzele pline, la care bărbatul visase de prea mult timp.

—Mi-ai primit mesajul, spuse Gabriel într-o șoaptă răgușită.

Privirea lui nu părăsi nici o clipă ovalul chipului ei, încadrat de părul negru și bogat. Voia să o atingă, dar nu îndrăznea, chiar dacă îl mâncau degetele. Ochii lui flămânzi se fixau pe fiecare linie și umbră, iar furtuna gândurilor sale se învârtea în jurul dorințelor și nevoilor sale.

Magda dădu din cap și îi atinse brațul cu degete timide. Gabriel se aplecă spre ea, iar ochii ei se măriră. Bărbatul surâse și își mișcă sprâncenele în sus și în jos, iar apoi gura lui îi gustă buzele cu o ușoară atingere dulce. Poposi asupra buzei ei inferioare, modelând-o după dorința inimii.

—Dumnezeule, am așteptat să pot face asta atât de mult timp, șopti el cu gura aproape lipită de a ei, iar respirația lui transmise mici șocuri ectrice pe suprafața pielii sensibile a femeii. Am a vut senzația că a trecut o viață de om.

—Probabil că a fost maximum o lună și jumătate, șopti și ea, iar el râse, după care o sărută apăsat.

—Ești atât de precisă în absolut totul, își scutură el capul amuzat. Ar trebui să facem o pereche interesantă, draga mea, își trecu el degetele peste conturul feței ei, uluit că, în sfârșit, avea șansa să o atingă.

—Chiar vom face o pereche? îl întrebă ea, încercând să citească ochii adânciți în orbite ai bărbatului.

—Asta e ceea ce sper, îi răspunse el. Mă mut aici, așa că am putea foarte bine să facem o încercare, ridică el din umeri.

—Romantismul tău mă ucide, i-o întoarse pe un ton sec, iar Gabriel râse din nou.

—Nu prea ai noroc dacă ești în căutarea unui tip romantic. Cu mine, ceea ce vezi, asta ai, se trase Gabriel înapoi, îndreptându-și degetele spre pieptul său.

—Ei bine, nu pot spune că nu îmi place ceea ce văd, ridică ea o sprânceană, analizând fizicul bărbatului așa cum nu îndrăznise să o facă în trecut.

—Mă placi destul de mult ca să iei cina cu mine? se apropie el de ea și își trecu buzele peste ale ei încă o dată.

Îi plăcea enorm gustul femeii. La naiba, era chiar înnebunit după el și nu se mai sătura să îl simtă.

—Cina sună bine, șopti Magda, trecându-și degetele peste spatele lui. Putem începe cu cina.

Gabriel ridică din umeri și îi zâmbi.

—Trebuie să începem de undeva, în fond. Deși aș fi crezut că deja am început acum ceva vreme, o cercetă el cu privirea.

—Și nu greșești, își puse ea mâna pe pieptul lui.

Își ridică chipul spre el și îi ronțăi linia gâtului, făcându-l să râdă din nou.

—Atunci să continuăm numai, îi prinse Gabriel degetele în mâna lui și le ridică la buze.

Apoi, îi întoarse mâna cu palma în sus, iar limba lui biciui peste pielea sensibilă din mijlocul palmei ei. Simțind-o tremurând, se opri, o sărută scurt, iar apoi o trase în urma lui.

—Se servește o cină excelentă la un restaurant în apropiere. Hai să o încercăm. Putem să mai discutăm și după aceea, explică Gabriel, pașii lui lungi înghițind distanța rapid, făcând-o pe Magda să își scuture capul.

—Îmi place planul tău, Gabriel. Și totuși, mi-ar place și mai mult dacă ți-ai potrivi pașii la ai mei. Nu vreau să galopez în urma ta, trase ea de brațul lui. Nu sunt un cal, ca să știi, îl admonestă ea.

Gabriel încetini, se aplecă deasupra ei și îi sărută creștetul capului.

—În regulă, iubito. Te voi lăsa pe tine să decizi viteza. Ne vom mișca pe cât de repede sau încet vrei tu. Avem tot timpul din lume, spuse el, convins de fiecare cuvânt pe care îl pronunța.

Trecându-și brațul în jurul umerilor ei, îi arătă drumul. Acum pașii lui erau mai puțin grăbiți decât înainte. Avea deja ceea ce își dorise. Acum nu avea de făcut decât să se oprească din cursa lui nebună prin viață și să se bucure de ceea ce obținuse.

BIOGRAFIA AUTOAREI

ROXANEI NĂSTASE ÎI place să scrie și să facă prăjituri – aceste două pasiuni se potrivesc foarte bine. De asemenea, îi place să petreacă timp cu câinele ei – sau cel puțin marea parte a timpului, pentru că, de fapt, acesta este un drăcușor.

O călătorie în Scoția a făcut-o să-și dăruiască inima unei țări minunate și unor oameni extraordinari. De aceea a ales un detectiv scoțian pentru cele mai multe romane polițiste ale sale.

CĂRȚI SCRISE DE ROXANA NĂSTASE

NEBUNIE PE STRADA PRIVIGHETORII – Seria McNamara – Cartea Întâi

Mirosuri și Umbre – Seria McNamara – Cartea A Doua

Seria McNamara – Box set (Carteal I și II)

Un Epitaf Potrivit – Seria MacKay – Detectiv Canadian (Cartea Întâi)

O Femeie Bisericoasă

Un Imigrant – Seria MacKay – Detectiv Canadian (Cartea A Doua)

Legături Relative – Seria McNamara – Cartea A Treia

MacKay - Detectiv Canadian Cartea Intai: Un Epitaf Potrivit & Un Imigrant (Romanian Edition)

În curând va apărea:

RĂZBUNAREA NU E ÎNTOTDEAUNA dulce – Seria Josh Aldridge detectiv particular – Cartea 0

O Schimbare de Inimă – Seria MacKay – Detectiv Canadian - Cartea A Treia

TEAM BUILDING CU PONOASE

Pentru a afla de noi lansări de carte, subscrieți la: www.roxananastase.weebly.com.

Did you love *Team building cu ponoase*? Then you should read *O muiere bisericoasa*[1] by Roxana Nastase!

[2]

Lăcomie și invidie într-un orășel în vestul Oklahomei.

Era o muiere rea și voia să îi controleze pe toți. Aceasta i-a semnat certificatul de deces.

Descoperiți viața într-un oraș mic – secrete, legături licențioase și surprize șocante.

Daca vă plac romanele polițiste, atunci veți savura acest roman polițist.

Read more at roxananastase.weebly.com.

---

1. https://books2read.com/u/bzaBe9

2. https://books2read.com/u/bzaBe9